烟草新闻调研集

刘彩望◎著

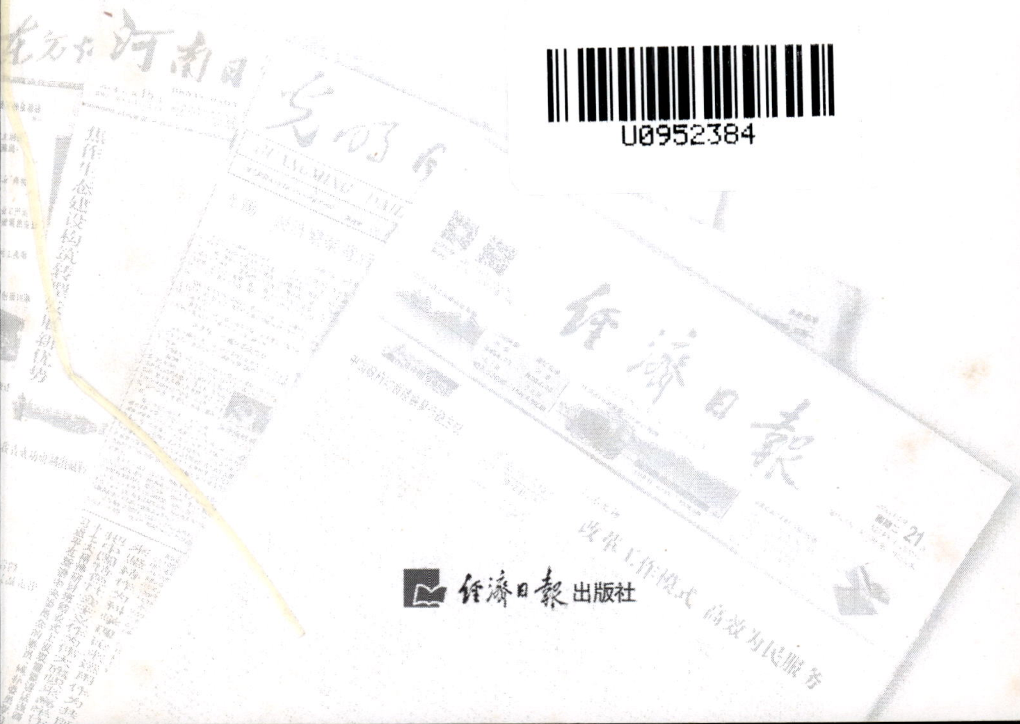

经济日报出版社

图书在版编目（CIP）数据

烟草新闻调研集 / 刘彩望著. -- 北京：经济日报出版社，2016.9

ISBN 978-7-5196-0017-4

Ⅰ.①烟… Ⅱ.①刘… Ⅲ.①新闻报道-作品集-中国-当代 Ⅳ.①I253

中国版本图书馆 CIP 数据核字（2016）第 233730 号

烟草新闻调研集

作　　者	刘彩望
责任编辑	范立君
责任校对	徐建华
出版发行	经济日报出版社
地　　址	北京市西城区白纸坊东街 2 号（邮政编码：100054）
电　　话	010-63567683（编辑部）
	010-63588446　63567692（发行部）
网　　址	www.edpbook.com.cn
E-mail	edpbook@126.com
经　　销	全国新华书店
印　　刷	北京建宏印刷有限公司
开　　本	889×1194mm　1/32
印　　张	6
字　　数	167 千字
版　　次	2017 年 1 月第一版
印　　次	2017 年 1 月第一次印刷
书　　号	ISBN 978-7-5196-0017-4
定　　价	50.00 元

目录

消息篇

通讯篇

调研报告篇

消息篇

采取措施避免新的损失
河南防止“烟叶大战”重起

连续两年深受“烟叶大战”之苦的河南省，在即将到来的烟叶收购季节拿出一套强硬措施，防止“大战”再度发生。

享有“烟叶王国”之称的河南省，是我国重要的烟叶生产基地。近两年的“烟叶大战”，使国家在经济上蒙受严重损失，在“大战”中引发出来的提级提价、掺杂兑假等恶劣行为，也使河南省烟叶信誉大降、市场萎缩。今年，河南烟叶长势良好，丰收在望，会不会再卷入“大战”中？河南省最近采取措施，显示了治本的坚定决心：一、取消一切以数量论奖罚的规定，实行“质量否决权”。所有烟叶收购站（点），一律不得经营烟叶，也不得搞独立核算，但要实行目标管理责任制；建立省、地、县三级质量管理组织，实行收购质量责任制，哪一级出了问题，追查哪一级领导和检验人员的责任。二、严格烟叶收购合同制。凡无合同收购的，均视为抢购，要吊销其“烟叶收购许可证”，银行停发收购贷款，撤销收购站站长职务，追究上级领导责任。三、综合治理，发挥法律部门的职能。公安、工商、税务、物价、烟草部门密切配合，严厉打击非法经营活动。对不执行烟叶国家标准和价格政策，加价收购、抢购者，对不执行国家标准、收“人情烟”和“后门烟”、收掺杂兑假烟叶、内外勾结、贪污受贿、提级上调欺骗用户的检验人员，都要视其情节，依法制裁。

（本文与李而亮合作，原载1989年6月4日《人民日报》）

开发国际口味　扩大出口创汇

河南新郑卷烟打入国际市场

中国烟草总公司骨干企业、河南工业企业利税排名第一的新郑卷烟厂，在全国卷烟市场产大于销、几近“饱和”的形势下，看准国际市场行情，将产品打入东南亚、独联体、香港等国家和地区卷烟市场，走出一条内外并重、逐步扩大出口创汇的新路。

新郑卷烟厂在稳定国内市场占有率之后，把目标对准海外市场，广泛收集国际卷烟市场信息，找出不同国家和地区对卷烟口味、价格的要求。经过“七五”期间的技术改造，该厂的设备、技术和工艺水平均达到生产出口卷烟的条件。厂决策层在去年不失时机地提出：看准国际市场需求，研制开发出口卷烟。

厂里为此专门成立了新产品开发领导小组和新产品开发科。一年来，他们同美国、德国、瑞士等国家的烟草专家联合研制出数种适合国际口味的高级混合型卷烟和烤烟型卷烟。

目前，“芒果”牌甲级烤烟型卷烟已被中国烟草总公司定为河南唯一的旅游外汇烟；“喜梅”牌卷烟出口东南亚各国；新开发的“少林”“彩虹”牌混合型卷烟已批量销往独联体各国。仅去年一年就创汇150多万元。

（原载1992年6月9日《经济参考报》）

河南省晾晒烟产销势头好

河南省白肋烟和香料烟于 1981 年分别在西峡县、汝阳县试种成功。目前，西峡县白肋烟已种植 2 万多亩，总产量 3 万多担，成为我国白肋烟生产基地之一。该县所产白肋烟质量好，颜色红黄，组织疏松，厚薄适中，香气量足，持燃性强，内在化学成分比例协调，糖含量 1% 以下，尼古丁含量 4%～5.5%，深受国内外客商欢迎，国内用户有 20 多家卷烟厂，1991 年打入国际市场，出口量 1500 多吨。

近年来，河南省在香料烟生产中，大力推广普及新品种、新技术，香料烟质量明显提高。1991 年、1992 年，在全国香料烟样品评比中，外观质量和内在品质都名列前茅。去年，汝阳县种植香料烟 15000 亩，收购 2.5 万担，成为我国香料烟生产基地之一。在广州秋交会上，外商对汝阳香料烟很感兴趣，出口事宜正在洽谈中。

有关烟草专家认为，河南白肋烟、香料烟在国内均属上乘。美国非莫公司总部对西峡县白肋烟进行检测，各项质量指标都达到美国白肋烟水平，可在卷烟配方中使用；汝阳县香料烟质量指标接近和达到希腊、土耳其香料烟水平，可与世界名牌卷烟“万宝路”替代使用。

（原载 1993 年 5 月 22 日《河南日报》烟草专刊）

河南烟叶深受客商青睐

近年来，素有“烟叶王国”之称的河南省，积极应用中烟菲莫公司技术合作生产国际优质烟叶科研成果，大力推广先进适用集成新技术，落实“三化”（品种优良化、种植区域化、栽培规范化）生产措施，全省烟叶质量逐年提高，深受省内外80多家卷烟厂青睐。

“七五”期间，河南省充分发挥本省烟草科研院所的科技优势，推广普及国内外先进适用集成新技术。近年来，先后推广优良品种、营养袋育苗、地膜覆盖、平衡施肥、成熟采收、三段式烘烤工艺等技术，促进了全省烟叶生产水平的提高。

为使烟叶生产先进适用技术落到实处，河南省实行烟叶生产技术集团承包与个人技术承包，有效调动了全省各级领导和技术人员的工作积极性，保证了有关政策、各项技术措施落实；聘请烟草专家、教授共商制定烟叶生产技术方案，到生产现场讲授技术；大力开展全方位、多形式、多层次的管理、技术培训，明显提高了广大干部领导指挥能力和广大烟农的科技素质，为搞好全省烟叶生产提高了精神动力。

由于烟叶生产扶持政策和技术措施落实到位，大大提高了全省烟叶外观质量和内在品质，上等烟比例以每年两个百分点递增，在总产比例达到20%，深受国内外客户欢迎。

（原载1993年5月22日《河南日报》烟草专刊）

要鼓“口袋” 先富“脑袋”
汝州卷烟厂把职工教育落到实处

随着企业经济效益的提高，职工收入的增加，汝州卷烟厂领导注重把职工教育落到实处，坚持“要鼓‘口袋’，先富‘脑袋’”的原则，采取多种形式，培养人才，教育职工，使职工政治思想水平、生产技术素质都有了明显的提高。

几年来，汝州卷烟厂坚持深化企业改革，转换经营机制，经济效益每年都以20%的速度递增，职工收入也随之提高。厂领导清醒地认识到，在激烈的市场竞争中，企业间的竞争实质是人才的竞争；企业要发展，必须提高职工整体素质，使职工的“口袋”和“脑袋”同时富起来，以适应市场经济发展的需要。为此，他们采取措施：

加强职工政治教育，坚持在职工中开展学习活动。他们先后购买有中国特色建设社会主义理论等书籍3000余册，利用班前班后进修学习，举办政治理论培训班，请老革命家和党校的领导讲课，先后培训职工2000余人（次）。

在职工中开展“评文明职工”活动。把政治、业务学习、生产任务、敬业奉献、增产节约、安全生产、创造发明、团结互助等列为评比依据，在上半年的评比中，有92%的职工被评为文明职工。

搞好技术培训，提高职工技术素质。采取“请进来、走出去”的办法，组织车间领导和技术骨干到郑州、南阳等先进厂家学习实践操作技术，提高了他们的业务素质，同时还聘请郑州工学院、昆船公司的教授、技术人员到厂里结合生产实际讲课，收到良好效果。在近两年的技术比武中，有68人分别获省、市和厂“技术能手”称号，22人被聘为高级工。

鼓励职工自学成才。厂领导把对工作积极、有一定文化知识的65名职工推荐到大中专院校学习，厂党委还下发专题文件，对自学成才的职工除报销一切费用外，还给予奖励。

重视引进人才。近几年来，厂党委副书记马占营主抓此项工作，先后引进接收大中专生和各类技术人才200余人，充实到各生产车间和科室，给该厂输入了新鲜血液。

各项措施的实施使职工的精神大为振奋，技术水平和文化素质也得到了提高。

（本文与李军现合作，原载1994年10月17日《河南日报》）

漯河卷烟厂扶持九街乡建立烟叶生产基地

卷烟厂烟农双双得益

去年，舞阳县九街乡成为漯河卷烟厂的“第一生产车间”，日前该乡所产的21.63万公斤烤烟全部直供烟厂。这是漯河烟草分公司转变职能搞服务，改革烟叶生产、收购、调拨、供应模式的成功尝试。

长期以来，烟叶生产收购曲线调拨已成定式。卷烟厂欲创名牌，挖空心思选购优质烟叶却求之不得；烟农想种好烟叶致富发财，却担不起风险；地方想增加财政税收，却收不上来。去年初，漯河烟草分公司牵头，组织漯河卷烟厂、县、乡政府及烟草部门协商，以卷烟厂工艺要求所需烟叶为准，由舞阳九街乡生产提供烟叶；烟草部门实行全封闭式收购，单独存放复烤，直接调供烟厂；各单位各尽职能对烟农给予资金、技术等方面的扶持和服务。

为了提高烟叶质量，市、县、乡烟草部门抽调43人组成了烟叶生产技术执行组，长住乡村，责任到人，包村包户；为提高烟农的技术操作水平，他们举办烟农技术培训班22期；为提高烟叶香气，烟厂专门购进芝麻饼96.5吨，按每亩30公斤与其他肥料在地头配比，现场施入。收购前，他们同乡政府结合培训聘用18名农民分级技术员，每村1人，仿制39套烟叶定级收购样品，帮助烟农分级扎把，进行初验。在乡烟站，他们还成立由烟叶分级专家、烟厂分级员等人组成“总仲裁委员会”，解决等级争议问题。由于各方精诚合作，认真公平，杜绝了“后门烟”“情面烟”。日前，漯河卷烟厂和九街乡政府明确表示：优质烟叶生产基地今年继续搞。

（本文与杨炳旭合作，原载1995年1月23日《河南日报》）

我省“两烟”出口创汇稳定增长

1994 年，中国烟草河南进出口公司在国际烟草市场疲软、国内烟叶价格上涨、出口成本增加的不利形势下，共完成出口创汇 2248. 8 万美元，占国家下达 1300 万美元计划的 173%。其中烤烟出口 13287. 8 吨，创汇 1280 万美元，卷烟出口 192860 箱，创汇 969 万美元。

围绕“两烟”出口创汇，该公司主要抓了以下几个方面的工作：

——对原有的成交合同积极催开信用证，争取早交货、早出运、早结汇。例如同印尼一家公司签订的 1000 多吨烟叶合同，按规定期限到 1995 年底才能执行完毕，由于公司及时抓住市场变化并积极催证，使合同提前执行完毕。

——对积压库存加快内销处理，减轻资金占压。他们把在国际市场失去销路的产品转销到国内市场，不仅有力地支持了卷烟工业，还减少资金占压 1500 万元。

争取中国烟草进出口总公司的支持，扩大对俄罗斯专项贸易的出口。此项贸易共成交烟叶 2420 吨，创汇 350 万美元。

——有针对性地寄样推销，加强与外商的密切配合。

该公司多方面的努力使得 1994 年的“两烟”呈现出 3 个特点。一是卷烟出口有了较大发展，“远方”“彩虹”“节日”等牌号已形成批量生产并出口俄罗斯。二是代理制已成为增加出口创汇的重要渠道，代理出口创汇占全年创汇总额的 50% 左右。三是良好的企业信誉和优质服务带动了行业对外开放工作的新进展。由该公司参股的“许昌天昌国际烟草有限公司”“荷兰金叶国际经贸有限公司”等合作项目的建立，将大大改善我省出口烟叶的加工质量和包装质量。

由于国际市场多元化战略的实施，中国烟草河南进出口公司目前已同世界上20多个国家和地区建立了贸易关系。公司经营已从以进出口贸易为主导，发展到现在的科、工、贸并举的新格局，引进外资和对外合作项目也向着更广阔的领域发展。

（本文与李凌合作，原载1995年2月7日《河南日报》）

实施振兴“两烟”的重大举措

我省四十一万亩烟田成为八大烟厂的生产基地

目前，我省烟叶主产区的41.8万亩优质烟田，已与省内8家主要烟厂实现了“联姻”，成为对口烟厂的原料生产基地。这是振兴河南“两烟”的一项重要举措。

这41.8万亩优质烟田，分布在平顶山、许昌、南阳、三门峡、洛阳、驻马店、焦作7市地的27个县60多个乡（镇）。七家烟厂是：郑州烟厂、新郑烟厂、许昌烟厂、南阳烟厂、洛阳烟厂、驻马店烟厂、漯河烟厂、汝州烟厂。据悉，今年来自对口生产基地的烟叶，将占8个烟厂所需省内原料的一半以上，明年将达到80%以上。

近两年，由于烟叶生产比较效益低等原因，我省烟叶生产持续大幅度滑坡，直接影响了省内卷烟工业的发展。为提高烟叶生产水平，保证烟厂有稳定的优质原料，省烟草公司在充分听取卷烟厂和烟区双方意见的基础上，借鉴云南省的经验，今年在我省实行厂县联办优质烟生产基地。其形式是，烟厂对一个或几个县、乡的烟叶生产实行全封闭管理和收购。双方签订合同，本着互惠互利、风险共担、长期合作、共同发展的原则，由烟厂对基地进行资金投入和技术指导，基地则负责给烟厂提供足够的烟叶。

按照合同规定，烟厂对基地每亩烟田扶持80元资金（三门峡市为每亩90元）作为产前投入；大田移栽核实面积后，烟农每亩可得10元扶持金，其余扶持款以物资的形式体现，如购买化肥、农药等烟叶生产资料，以保证这笔资金真正用于烟叶生产中。同时，烟厂向对口县派出3~4人专门负责，并确定1人兼任该县烟草公司副经理，对定点乡派

2~3人，并确定1人兼任该乡烟叶收购站副站长，烟厂派出人员常驻县（乡），参与基地烟叶生产、收购、复烤、调拨全过程。而基地要根据烟厂对烟叶质量的要求，推行先进技术措施，提高单产，提高质量，山岗丘陵区达到亩产120公斤，平原区达到140公斤，上等烟比例达到25%。

为办好生产基地，今年各烟厂对每亩烟田还拿出5元奖金，按生产环节组织检查评比。达到要求标准的每亩奖励1元，兑现给从事烟叶生产的行政管理和技术人员。据省烟草公司副经理、省烟叶基地领导小组组长刘运增介绍，从今年起，省烟草公司除掌握少量调控的烟叶外，将由过去的靠计划分配保证省内烟厂原料供应的办法，改为主要靠建立烟叶生产基地来满足烟厂原料需求。有关专家评论说，在目前形势下，用卷烟的利润扶持发展生产，保护烟农的利益，是合理而明智的选择，将有利于我省“两烟”的发展，使二者走上良性循环之路。

（本文与郭玲玲、李彦伟合作，原载1995年6月19日《河南日报》）

提高烟农素质　推广生产技术

河南贫困地区“富民工程”见效

河南省贫困地区的烟叶“富民工程”喜见成效，烟叶生产已成为成千上万户烟农建房盖屋、娶妻嫁女、孩子上学、赡养老人的重要经济来源。

据统计，1995至1997年，河南全省70多个烟叶生产县的150余万户烟农累计种烟收入达46.4亿元，占烟农人均总收入的70%以上。全省烟区有310万人靠种烟摆脱了贫困，走上富裕之路。

河南省各级烟草公司在发展烟叶生产中，对农民大力进行资金扶持。3年来，全省新打机井和旧井配套1.2万眼，对烟农无偿补贴5272.4万元。新建改建炕房44.16万座，无偿补贴5553.22万元。烟用化肥、地膜、良种、农药等扶持费用累计达9390余万元。有机耕条件的烟区对烟农无偿机耕烟田，无偿对烟农进行技术培训，对种烟村由烟草公司出资聘请一至两名农民技术员进行技术指导。

3年来，河南省各级烟草公司先后与郑州烟草研究院、河南农业大学、河南农科院等10多家烟草科研部门和高校建立了长期联系，每年都邀请专家教授到各烟区举办烟叶生产技术培训班，并办农函大烟草班，为全省烟区培训技术骨干5.6万人次。他们还以县烟草公司科技组、乡镇烟叶科技推广站为依托，采取集中讲课、现场指导、电视讲座、发放资料等多种形式对烟农进行技术培训，共培训烟农600余万人次。烟农在生产中遇到技术难题，小事不出村，大事不出乡镇就可解决。

科学技术的推广应用大大提高了全省烟区“三化”（品种优良化、种植区域化、栽培规范化）生产水平，促进了烟叶生产质量的提高。去年，全省烟叶生产质量、收购量、调销质量与复烤加工质量等综合指标创历史最高水平。这里的烟叶不仅畅销全国 100 余家卷烟厂，而且远销美国、日本等 10 多个国家和地区。

（原载 1998 年 3 月 26 日《经济参考报》）

政策引导　资金扶持　科技推动

鹿邑县成为烟叶生产大县

鹿邑县靠政策引导、资金扶持、科技推动等措施，使烟叶生产迈上了新台阶。1997 年全县 6.3 万亩烟叶收购 1260 万公斤，亩均效益 1500 元。全县 2 万多种烟户，户均收入 3000 多元，上交国家烟叶税金 3507 万元，成为全县第二大财源。

鹿邑县委、县政府把烟叶生产作为兴县富民的支柱产业来抓，先后出台了一系列奖励政策，每年都拿出 100 多万元无偿扶持烟农。烟草公司每年为烟农提供烟叶良种。各乡镇也对烟农大力扶持。每到烟叶生产季节，县农资部门还及时组织烟叶专用肥、农膜等生产资料，解决群众生产难题。

为提高烟叶生产质量，县里 1992 年就与郑州烟草研究院签订技术承包合同，常年请专家教授作技术指导，向烟农传授科技种烟知识，每年还组织有丰富种烟经验的烟农组成“巡回报告团”，向群众宣讲种烟科技知识，每年培训烟农 2 万多人次，印制烟叶生产技术资料发放到烟农手中。几年的科技扶持，使全县 2 万户烟农，家家有个明白人，种烟科技水平不断提高。

鹿邑县烟叶生产不但吸引了周围县市、烟农前来参观学习，也引来了“老外”。1996 年美国著名烟草公司与鹿邑合作开发了 1250 亩的中美烟草实验基地。

（原载 1998 年 5 月 17 日《人民日报》）

河南漯河卷烟厂
推行招投标监控企业管理制度

河南漯河卷烟厂8月初传来的消息再次证实：该厂试行竞标采购，堵住了隐性流失的“漏洞”，找到了杜绝腐败行为、解决隐性流失问题的钥匙。

漯河卷烟厂实行采购招投标制度以来，降低采购成本620万元，减少了近10%的采购财务支出，保证了产品质量的提高。

这家企业明确招标采购范围即生产辅料、香精香料和原煤等，无论大宗物资丝束、盘纸，还是小到厘米见方的口花都要让供货厂家公开竞争，最后决定中标厂家。该厂成立以厂长为主任、副厂长为副主任、有关科室参加的厂原辅材料管理委员会，履行集中采购，对采购事项集体研究，民主决策，统一监控。为解决可能存在的“假招标”问题，还设立信息中心，综合测评市场产量、容量和价格，给竞标提供采购可比价，使评标定标公开、科学、规范。

该厂曾经因盲目采购、重复采购和随意采购现象层出不穷，使采购入厂的辅料有的质次价高，使用率低；有的几年用不完，资金周转慢；有的重量不足，长度不够；有的在生产使用才暴露出质量问题。厂长兼党委书记邵福根走马上任后提出“集中的权利分散化，隐蔽的权利公开化，改革传统的采购制度，理顺辅料供求渠道，堵塞各种漏洞，建立公开竞争机制，严控采购成本，确保产品质量，提高经济效益”的采购管理思想。如今这一企业采购监控模式在社会上引起有关专家学者的关注。

（原载1999年8月25日《经济日报》）

资金扶持到村　物资直供到户　技术指导到田

十万农民靠烟叶铺实致富路

在柘城县东部5大重点产烟区里，一方方金灿灿的烟叶，成了10万农民脱贫致富的希望。仅烟叶一项，全县每年都为烟农创收上亿元，为县、乡镇财政创收2000多万元。如果说起种烟的好处，烟农们便有一段顺口溜回答你："架车一拉，千元到家；自行车一带，四五百块；肩上一扛，百元以上。""这样比，那样看，还是种烟能赚钱；抱住烟叶金娃娃，家家都能有钱花！"

多年来，柘城县委、县政府紧紧抓住烟叶生产这一既富财政又富民的重要支柱产业不放松。每年，县里都千方百计筹集大量资金，用于烟农的肥料补贴、购买农药、柴油及打井、烤房等生产基础设施建设。在烟叶生产物资上，每年年初，县烟叶生产指挥部与县烟草公司就对全县烟叶生产物资超前组织安排，统一购买，统一按种烟面积直供到户，不误农时急需，保证了烟叶生产。

发展烟叶生产的关键在于技术指导。多年来，柘城县坚持以主攻烟叶质量，提高种烟经济效益为目标，以加强技术指导为手段，举办县、乡镇两级烟叶生产技术培训班，聘请省、市烟草专家讲课，技术员经过理论学习和实践培训，考试合格后，分驻到村，指导烟叶生产。他们还采取多种措施形式，推广普及先进适用新技术，通过举办烟叶生产技术电视讲座、金叶夜校、设立技术咨询站、编发《烟叶生产技术手册》，先后普及推广了优良品种（NC89、K326）、模下移栽、配方施肥、成熟采收、病虫害综合防治、三段式烘烤等，使烟叶生产先进技术进村、入户、到烟田，全县实现了品种优良化、种植区域化、管理科学化，上等烟叶达到55%，跃居全省优质烟叶生产达标县之一。

柘城县烟叶生产技术水平的提高，有效提升了社会经济效益。全县年实现烟叶税 2800 多万元，烟农种烟亩均收益 1600 多元，加快了烟农脱贫致富的步伐。不少烟农盖起了楼房，加大烟叶生产投入。在起台镇，据统计，一年内就新购置摩托车、四轮、三轮等农用机械 1784 部，为烟叶生产现代化打下了物质基础。

（本文与孙裕昌合作，原载 1999 年 9 月 29 日《河南日报》）

2000年出口创汇居河南同行之首

南阳烟厂海外抢滩

河南省南阳卷烟厂积极抢滩国际市场，2000年度累计出口卷烟36400件，创汇228万美元，居河南卷烟工业之首，日前受到国家烟草专卖局通报表扬。

据河南省烟草进出口公司介绍，南阳卷烟厂2000年度出口卷烟单品牌数量、单箱价位、创汇均居全省同行之首，占全省出口卷烟总量、总创汇的75.8%和80%，单品牌卷烟出口量居全国同行第4位，跻身于全国卷烟出口创汇十强。

近年来，地处内陆的南阳卷烟厂针对经济全球化的趋势，制定了“省内增效，国内增量，海外扬名，开拓国际市场”的发展战略。他们把产品创新作为抢滩国际市场的关键，密切关注世界最新烟草科技动态，研究国际市场消费者不断变化的新需求，从市场布局、产品结构到出口渠道等多方面进行调整，并建立技术和产品创新的运行机制和激励机制，大大调动了科技人员和员工开发新产品的积极性。该厂组建一支新产品研发“快速反应部队”，向大专院校和科研院所专家教授“借脑”，联合攻关，开发成功具有国际流行口味的利雅得等新品牌群，满足了国内外市场不同阶层消费者需求。他们还应用、消化、吸收国内外新技术、新工艺、新材料、新成果，使卷烟焦油含量降到17毫克/支以下，提高了吸食的安全性，增强了竞争实力。

为了开拓国际市场，该厂近几年来先后投资2亿多元人民币，从德国、法国、意大利引进具有国际90年代先进水平的制丝、卷、接、包设备和管理经验及现代化检测化验仪器装置，使产品质量发生质的飞跃，为走向国际市场提供了物质技术保障。与此同时，该厂积极实施

“人才工程”，在引进大学毕业生的同时，每年还派出三四十名青年科技人员出国考察学习，形成一支年轻化、知识化、专业化的科技骨干队伍，造就了一支高素质的员工队伍。

山不在高，有仙则名，水不在深，有龙则灵。南阳卷烟厂凭借品牌效应吸引了一批批外商来厂，又以整洁优美的现代化厂区、国际一流水平的技术设备、高素质的员工队伍，使得外商纷纷与之签订订单。目前，该厂产品已行销非洲等地，成为河南烟草行业参与国际市场竞争的一个新亮点。

（原载 2001 年 1 月 4 日《经济参考报》）

全省烟叶收购工作会议提出

扎实做好烟叶收购工作

日前，全省烟叶收购工作会议在郑州召开。会议提出，要严格按计划、按合同、按国家标准，扎扎实实搞好今年烟叶收购工作。

由于今年气候异常，前旱后涝，病害发生严重，全省烟田大面积受损，绝收面积达 40 多万亩。根据目前情况预计，今年全省烟叶收购计划难以完成。会议要求从以下几个方面入手，搞好今年的烟叶收购工作。

严格执行烟叶收购合同制，坚决做到按合同收购。要认真执行“约时定点，干部带队，轮流交售，合同收购”制度，控制上市规模，实行均衡收购，为保证按国家标准组织收购奠定基础。

严格执行烤烟国家标准，努力优化等级结构，增加烟叶有效供给。要切实加强管理，落实各项收购制度，规范收购行为，全面推行收购预检制度、密码验级、封闭收购制度和复烤环节监督加工制度，提高烟叶收购等级合格率。要严格执行国家烟叶收购价格政策，严禁压级、压价、加价、变相加价收购烟叶。要坚持按合同所定比例收购，多收上中等烟叶，改变烟叶结构与卷烟生产不配套的局面。

积极推行原烟交接、委托加工，提高烟叶工商交接等级合格率。各烟叶产区、卷烟厂、打叶复烤厂要相互配合，保证原烟交接、委托加工的顺利开展。

做好分公司统一经营工作。从今年新烟上市起，烟叶由分公司统一经营，建立一个集中统一、职责明确、制度健全、规范有序、运转高效的烟叶统一经营管理体制，规范烟叶经营行为。

切实加强对烟叶收购工作的领导。各级政府要把烟叶收购工作组织好、服务好、监督好，加强烟草专卖管理，正确执行国家烟叶质量标准和收购价格政策。烟草部门作为烟叶收购工作的主体，要全面加强管理，建立健全严格的责任制，彻底消除烟叶流通中管理粗放、混乱、效率低的现象。

（本文与李彦伟合作，原载2000年8月1日《河南日报》）

推品牌　树形象　调结构　求发展

洛阳卷烟厂在市场竞争中胜出

面对国家卷烟税收政策改革、卷烟牌号整合、独立市场运作等多项挑战，洛阳卷烟厂遇变不惊，根据市场发展要求，确定了“推品牌，树形象，调结构，求发展”的指导思想，扎扎实实地做好各项应对工作，企业进入稳步发展的快车道。

——放下“烟老大”的架子，全力开拓市场。根据各个季节的不同销售特点，厂主要领导亲自挂帅，抽调200名得力骨干，分组分片在省内外一次次掀起宣传促销活动，使产销率达到99.7%，总销售量同比增长14.6%。

——调整产品结构，追求最大效益。针对不利因素，这个厂加强中高档产品开发，控制迟销产品生产，大大提高了产品的效益水平，将损失减少到最低限度。

——强化质量管理，降低生产成本。按照ISO9000质量认证体系，各个生产环节严抠细管，使产品质量不断提高。去年，国家中心站和省二级站进行产品市场抽样检验，该厂产品合格率均为100%。

——进行节约挖潜，确保资金流量。去年，该厂非生产经营性费用压缩1755万元，回收货款5339万元，使企业顺利渡过了资金紧张的难关，生产得到了有力保障。

如今，洛阳卷烟厂不仅生产效益良好，而且综合实力明显增强。去年，该厂3个牌号9种规格的产品走俏省内外市场，综合指数名列全省第二位。

（本文与王者合作，原载2002年8月6日《河南日报》）

“世纪之光”日益灿烂“世纪之星”又放异彩

科技创新助推郑烟总厂新品迭出

郑州卷烟总厂又一个高科技产品——黄金叶（世纪之星）于近日隆重推向市场。

郑州卷烟总厂大力实施科技创新，全面提升了企业的核心竞争力。尤其是今年4月份总投资达9亿元的“十五”技术改造一期工程竣工投产后，更使企业如虎添翼。其中的新制丝生产线，是我国自行研制、具有自主知识产权、在全国烟草行业屈指可数的现代化设备，整体技术达到国际先进水平。其主要特点一是在全国烟草行业首家引入具有世界先进水平的烟叶分组加工自动控制系统，变以前不分牌号的“大锅熬菜”为“小锅炒菜”，有效地去除了烟叶中的杂气，提升了产品内在吃味，保持了烟草自然的本香，实现了产品的个性化和差异化。二是引入总控制技术，实现了产品质量由传统的结果控制向过程控制的根本转变。三是在中原地区全片烟叶投料的烟草生产企业中，首家采用了真空回潮工序，可以完全彻底地消灭烟叶中的虫卵和各种杂气，达到降焦减害、提高吸食安全性的目的。

在设备过硬的基础上，该厂加快研发新产品，确立了“做精做强黄金叶，强力实现单规格突破”的品牌发展战略。继成功推出黄金叶（世纪之光）卷烟、受到消费者广泛喜爱后，又成功开发出了黄金叶（世纪之星）新产品。该产品以优质云南烟叶模块和津巴布韦进口烟叶模块为骨架，精选四川、贵州等地的优质烟叶为辅助模块，所选烟叶经过3年以上自然醇化，添加纯天然香精香料用以协调烟草本香，经反复评吸、精心调配而成，采取了柔性加工技术，最大限度地保留了烟叶原有的优秀品质，是传统配方技术与现代科技相结合的经典演绎。

该厂强力推进科技创新和新产品开发，有效增强了企业的核心竞争力。今年1~11月，共实现销售收入28.25亿元，利税总额14.22亿元，同比分别增长了13.12%和9.31%。黄金叶品牌被确立为河南接待指定用烟。

（本文与齐建华合作，原载2005年12月21日《河南日报》）

郑烟：靠科学决策创新品牌

出口创汇居全省同行第一

河南郑州卷烟总厂坚持重大事项不经市场调研不决策、不经充分论证不决策、不符合程序不决策、不提交职工代表大会审议通过不决策，实现了科学民主决策。3 年来，郑烟进行了 12 次重大决策，无一失误。

郑州卷烟厂和漯河卷烟厂 2003 年重组为郑州卷烟总厂。新一届领导班子完善企业内部重大事项的议事规则和决策程序，逐步建立了由总厂领导、商业客户、烟草专家、职工群众相结合的重大事项决策制度。

重大决策前深入市场调研。为开发新产品，郑烟决策者邵富根等 10 名成员带领由 50 名技术员和营销骨干组成 10 个小组，分赴全国 40 多个主销区走访座谈，问计商业客户、零售客户、消费者，2005 年 5 月开发出烤烟型黄金叶品牌新产品，市场供不应求，当年产销 102693 箱。

建立决策论证咨询智囊群。企业内部专家智囊群，对企业重大问题进行科学论证；全国行业专家智囊群，对企业生产、经营、技改等重大问题提供咨询。这两个智囊群的运作，使企业由个人决策和经验决策转化为群体决策和科学决策。郑烟在烟叶制丝生产线技术改造方案论证时，智囊群提出的 4 项 12 条建议被采用，具有国际先进水平的烟叶分组加工技术，将“降焦、控焦、减害、保香”有机结合，为企业产品提质创新打下了技术基础。

重大事项决策找职工群众商议。郑烟在重组后，需对原企业内部管理机构、人力资源进行整合，准备出台“三定”（定编、定岗、定责）改革方案。他们发动全体职工对方案进行讨论，反复修改、补充，四易其稿。最后，方案提交职工代表大会审议获一致通过。

科学民主决策成了推动企业发展的强大动力，去年全厂实现销售收入、利税分别比上一年增长21.2%、15.17%，利润增长111.81%；出口创汇居全省同行业第一；今年上半年实现销售收入同比增长12.31%，利税增长24.35%。先后荣获全国纳税500强、河南省最具成长力企业。

（本文与齐建华合作，原载2006年9月12日《河南日报》、2006年9月12日《新华网》）

襄城县烟叶生产向大户集中

襄城县积极探索新的烟叶生产管理模式，完善土地流转机制，烟田向种烟大户集中。目前，全县已建立烟叶农场158个，种植面积2.5万亩，占全县种烟总面积的22.7%；20亩以上的种烟大户1497户，种烟面积3.6万亩，占全县种烟总面积的32.7%。

襄城县烟田向种烟大户集中，有两种土地流转类型：一是种烟大户租赁本村农户土地，双方约定租金后，向乡镇土地流转中心提出申请，签订土地流转合同；另一种是村委会集体租赁本村土地，商定租金后，向乡镇土地流转中心提出申请，签订土地流转合同，然后再将土地流转给种烟大户，土地租金付给各出租户。

种烟大户的集约化经营模式，也有两种：其一，种烟大户有技术和劳动力，自己经营；其二，种烟大户雇用技术员、临时工，帮助生产经营。同时，各乡镇都有劳动服务中介公司，有务工人员300至500名。种烟大户需要用工时，只需打个电话，中介公司就把临时工带到田间地头。

（本文与苏新宏合作，原载2009年8月7日《河南日报》）

技术创新实现传统商业向现代流通转变

焦作市烟草专卖局（公司）物流管理3G化

河南省焦作市烟草专卖局（公司）以科技创新引领经济发展方式转变，局（公司）领导带领全局（公司）科研人员和地方科学技术信息研究院所、移动通讯公司专家组成技术创新群体，开发出的现代物流3G信息系统，在行业内率先推动了烟草企业由传统商业向现代流通的转变。河南省烟草专卖局（公司）召开现场会，向全省烟草商业系统总结推广了他们的3G化物流经验。

焦作市烟草专卖局（公司）党组书记、局长、经理蒋贺清认为，加速提升工业技术水平，让技术创新越来越多地被不断物化于物质资本之中，是加速经济增长方式转变的根本动力。

基于这一思路，经过半年多的攻关，他们开发出具有焦作本地区卷烟营销和市场管理特色的3G信息系统，构成一个上接省局（公司）、下联县（市区）局（分公司），横贯客户经理、电话访销员、送货员、专卖管理员的互联互通、信息共享的卷烟营销局域网络，有效解决了在传统卷烟营销中，工业企业卷烟送货车进入卷烟物流中心卸货入库次序“难调度”、卷烟仓库移货和分拣包装备货“难规范”、卷烟配送“难监控”等难题。

这一物流3G信息系统，以GPS技术为核心，自主研发出智能调度系统、订单供货营销系统、客户关系管理系统、卷烟仓储和分拣包装管理系统、财务管理系统、车辆监控管理系统、GIS业务查询分析系统、“四员”联动平台、零售客户投诉系统、视频监控系统等10多套信息技术应用软件和子系统，构成具有焦作市局（公司）销区实际特色的物流现场信息采集处理综合优化调度平台。

有关专家认定，3G 信息系统集卷烟物流、商流、资金流等信息于一体，先进、实用、管用，是提升卷烟物流现代化管理水平的信息技术，很有应用推广价值。

焦作市烟草专卖局（公司）技术创新优势不断物化为物质资本、人力资源优势，加速企业跨越式发展。去年，该局（公司）营销规模和经营效益实现了历史性突破，实现发展经营目标，利润过一亿元，由河南省烟草商业三类公司跨入二类公司，在规模上等于再造了三个“企业”，实现了焦烟几代人的夙愿。

（本文与谢俊高合作，原载 2010 年 6 月 24 日《经济参考报》）

通讯篇

火！火！火

郑州卷烟厂火灾的反思

3月12日凌晨2点，人们还在睡梦中，河南郑州卷烟厂发生了一场大火，给国家造成800多万元的惨重损失。

依据郑州市公安消防部门在火灾现场采集到的一些物品，经公安部沈阳消防部门科研所严密、细致的科学鉴定，大火是因为仓库保管员李素杰、蒋玉凤等几人违反规定，私自在仓库值班室用电炉烧开水引起的。

3月11日下午2时，烟厂给每个职工发了一只活鸡，仓库保管员李素杰、蒋玉凤等9人违犯仓库内禁止使用电器的规定，用电炉在仓库值班室内烧开水杀鸡，又轻率地将正通电的电炉放在了一个铁皮柜下面，致使铁柜发热，引起火灾。几个工人用电炉烧水而酿成重大火灾，暴露了这个厂安全管理上的严重问题。

郑州卷烟厂是河南省5大卷烟厂之一，年税利近3亿元。按国务院有关规定，原料仓库里是不准设值班室的，可这个厂在仓库设值班室有10多年。公安消防部门早就给厂里下达过火险隐患整改通知，厂里也送去过“回执”，但厂里并没按公安消防部门的通知办。厂里一位知情人说，发“回执”，是为了不影响烟厂评先进。厂里曾规定，生产区内严禁吸烟，不准私拉乱扯电线，不准乱用电器。但规定是规定，却执行不严。这次火灾后从现场清理出的电炉、电热杯、电梳子、电熨斗，就是一个很好的证明。据被收审的两名当时值班人员交待，他们在仓库内用电炉烧开水时，10米之外有17名消防队员竟无一人阻止。

按规定，郑州卷烟厂是重点防火单位，应有几只能够南堵北挡、四面喷水的环状消防栓，也应该有充足的消防水源。但遗憾的是，厂内的消防栓依然是竖式老栓，还没有安装增压器。这次大火骤起，竖式消防栓产生的水压不足，前面的栓闸一开，后面的水源就断了，来救火的消防车不得不往返3公里以外的绿城广场装水，致使大火不能及时扑灭。

这次火灾的教训是深刻的，它告诉我们，必须严格执行有关安全的规章制度，绝不能把安全当儿戏！

据了解，目前河南省大多数企业对防火工作重视不够，没有专职消防队伍。有的企业消防设施不齐全，职工中不少人对消防器材不会使用。特别是许多乡镇企业，毫无防火设施。

但愿这把火能烧醒一些企业领导，切实重视企业的防火工作。

（本文与彭启炎合作，原载1989年3月24日《工人日报》）

来自崤山优质烟区的报告

在豫西崤山优质烟叶基地的卢氏县，自 1986 年以来，调往全国各大厂家的烟叶一律免检，为国家上缴利税由 1985 年的 279.8 万元增长到 1988 年的 1522.5 万元，增长了 446%，企业利润由 34.5 万元增长到 515.2 万元，连续 3 年被国家烟草专卖局（公司）评为全国烟叶生产收购先进单位。

正逢烟叶成熟、采摘、收购季节，我们慕名来到豫西卢氏县，2 万亩烟田，黄浪滚滚；村里村外，一座座标准化烤房上空青烟缕缕；收购站（点）的仓库内，片片金叶码堆整齐，散发着浓浓的烟香。当问起这里的经验时，该县烟草专卖局（公司）局长、经理刘经义说，我们生产经营烟叶声誉高的因素主要有三条：

一是得天独厚的地理自然条件。卢氏县位于豫西边陲，地处长江、黄河两流域分水岭南北两麓，全县处于深山丘陵区，属亚热带气候，雨量充沛，年降雨量一般在 650 毫米左右，平均气温 12.6℃，年积温 4699.7℃，无霜期 287 天。土壤多为褐土、红黏沙土壤。这些地理气候资源，具备生产优质烟叶独特的自然条件。

二是实行“三化”生产，提高烟叶质量。1985 年以来，该县大力推广普及优良品种，消除杂劣品种，红花大金元、NC89 优良品种普及率达到 100%。为搞好区域化种植，遵照“合理布局，适度集中，择优发展”的原则，实行四个转移，即阴坡向阳坡转移，陡坡向缓坡转移，瘠薄地向中上等肥力地转移，分散向集中转移。实现了一道岭，一面坡，一个塬大面积连片种植。坚持规范化生产，培育壮苗，起垄移栽，适时平顶打杈，成熟采收，科学烘烤。大力推广普及先进适用种烟技术，采取多种形式对烟农进行技术培训，聘请专家教授讲学，现场技术指导；在全县种烟乡镇配备专职烟叶生产技术员 105 名，种烟村聘用农民技术员 1700 余名，指导烟叶生产，从而提高了全县烟叶生产科技水平，上等烟比例由 1985 年的 4.26% 提高到 1989 年的 35.4%。

三是严把等级质量关，确保产品信誉。该县坚持“以优取胜，信誉第一”的原则，每年县烟草公司都与各乡镇烟叶生产收购站签订责任状，明确规定，烟叶收购等级合格率达到国家规定标准；上等烟 90%、中等烟 85%、下低等烟 80% 以上。乡镇烟办、烟站和有关部门成立烟叶等级质量仲裁组，公选烟农代表为监督员，随时检查监督收购等级质量；县烟草公司按国家烤烟标准制定各等级样标，悬挂烟站，烟叶验级员对标验级收购，从而保证了等级质量。

（本文与马书超、任喜录合作，原载 1989 年 9 月 19 日《三门峡报》）

河南卷烟前景灿烂

河南省有国家卷烟定点生产厂16家，年产卷烟300余万箱，约占全国卷烟总产量的9%；全省有卷烟规格牌号196个，其中甲级规格牌号56个，乙级规格牌号64个，分别占全省卷烟总规格牌号的28.6%和32.7%。

进入20世纪90年代初，河南“两烟”（烟叶、卷烟）生产由于多种因素的影响，失去了发展的最佳机遇：连续39年居全国之冠的“两烟”产量被云南超过，全省卷烟工业税利总额由过去全国第一位退到1990年的第三位，也没有一个在全国叫得响的名牌卷烟，技术改造比先进省市晚了好多年；甲乙级卷烟所占比重，比全国平均水平低20个百分点，居全国第27位，单箱税利比全国平均水平低32个百分点，居全国第28位。

河南省委书记侯宗宾沉重地说：“河南‘两烟’丢冠退位了。”据此，河南省委、省政府提出了“卧薪尝胆，重振‘两烟’雄风”的战略决策。省烟草专卖局（公司）认真贯彻落实这一决策，在卷烟生产上，坚持“稳定产量、主攻质量、调整结构、强化管理、提高效益”的方针，多措并举，重振卷烟雄风。

调整产品结构，大力开发新产品。为加强组织领导，省局（公司）成立新产品开发领导小组，下设办公室组织协调。在全国销区建立卷烟销售信息网络，选派业务骨干常驻销区，采取走访、召开座谈会等多种形式，广泛征求消费者意见，及时为调整产品结构提供市场信息。根据“提升卷烟档次，改造老产品，开发新产品”要求，引入竞争机制，改革配方结构，科学加香加料，采用新技术新工艺，经行业奋斗努力，改造升级黄金叶、喜梅、中原等8个老产品，开发出甲级烤烟型豫烟、帝豪、雪城等26个新产品，相继投放省内外市场，深受广大消费者欢迎；1992年底，全省年产5万箱以上牌号有16个，10万箱以上达10个，其中喜梅、彩蝶、中原等成为全省主导牌号；同时加强国际技术交流，进行技贸合作，开发出远方、彩虹等6个牌号进入国际市场，河南没有卷烟出口的历史宣告结束。

建立健全监督检测机制，提高产品质量。全省各卷烟生产企业严把原辅材料入厂关，配备专职质检员，按国标检验接收，不合格原辅材料不准进厂入库；建立100万亩以上优质烟叶生产基地，使全省卷烟工业烟叶原料供应基地化，从源头上保证烟叶质量；完善检测组织手段，全省建立卷烟产品二级、三级检验检测站，购置先进仪器设备，配备专职人员，在生产中实行班组自检、车间巡检、厂站日检、省站旬检制度，使卷烟产品质量从投料到产出的每一个生产环节都处于受控状态；实行卷烟产品质量责任制，把卷烟生产每道工序的质量指标分解落实到车间、班组、人头，不合格半成品不准流入下道工序，质量出了问题，逐级追究责任，奖惩兑现，从而保证了生产质量。

加强生产技术设备更新改造，提高技术装备水平。全省对新郑、郑州、许昌等15家卷烟厂生产技术设备进行更新改造，累计投入资金12亿元人民币从德国、英国、意大利引进制丝线15条、卷接包（软硬盒）设备97台（套），提高了现代化生产水平，年生产能力达到360万箱；与此同时，引进西德、美国和香港高档卷烟装潢设计印刷技术和设备，从而为全省卷烟工业调整产品结构、发展名优卷烟、提高产品质量奠定了坚实的物质基础。

加强学习教育培训，提高干部职工政治技术素质。全省卷烟工业企业广招人才，累计招聘、接收研究生、大中专毕业生800多人，明显改善了干部职工文化知识结构；实行企业与郑州轻工学院、合肥经济技术学院等院校联姻，以郑州烟草中专学校、许昌烟草技工学校为依托，开展中短期脱产培训，进行学历教育，学习卷烟加工生产技术，全省累计参加大中专学历教育毕业干部530多人次，管理干部岗位资格培训710多人次，工人技术等级培训1680多人次；全省卷烟工业企业还举办不同类型的技术培训班，邀请省内外烟草专家讲学，现场技术示范，并选派骨干到国内外先进卷烟生产企业考察交流，学习技术，从而大大提高了干部组织领导生产能力和工人生产技术水平。

近年来，由于各项政策措施的落实到位，河南省卷烟生产和质量水平明显提高，得到有关烟草专家认可，市场的承认：先后有中原、彩蝶、宋城、双龙、茅庐、丝绸之路、853、许昌等牌号被评为行（部）优产品，尤其是甲级中原牌号荣获国优产品银质奖，名声大振。目前，河南卷烟不仅畅销全国28个省市自治区，还出口东欧、独联体、东南亚、俄罗斯、香港等20多个国家和地区。

（原载1993年5月22日《河南日报》烟草专刊）

新郑卷烟厂吸取教训连续六年安全生产

河南省新郑卷烟厂，从1987年以来，已经连续6年无工亡、无重伤、无重大设备和无重大火灾事故，千人伤员率由1987年的6.9下降到1992年的3.6，先后被郑州市、河南省和中国烟草总公司评为安全生产工作先进单位，成为全国烟草行业的一面旗帜。

新郑卷烟厂是我国固定资产2亿多元、年产值9亿多元的100强的企业之一。这么一个大型企业，从原辅材料、卷烟产品到机械设备、锅炉压力容器等，都是易燃易爆危险品，能连续6年保持良好的生产环境，其奥秘何在？厂长说："奥秘谈不上，我们主要是围绕'人'字做文章，激发人的潜力和创造力，形成以人为本的动力机制。"

唤起全员安全意识。新郑卷烟厂吸取过去事故教训，逐渐聪明起来。他们抓安全不搞"花钱买棺材"的马后炮，首先把功夫下在"花钱治病"上，唤起全员安全意识。

这个厂充分发挥大厂宣传工具齐全的优势，利用厂办报纸、闭路电视、有线广播及板报、宣传栏等各种宣传方式，广泛深入宣传安全生产法规和安全生产知识，开展安全生产知识讲座、竞赛、安全生产征文，使职工受教育面达96%以上，"安全第一"的方针在职工头脑中扎根。在增强全员生产意识的基础上，该厂把安全生产纳入企业总体规划，从厂长到工人的各类人员，实行安全生产管理目标承包责任制，落实到每个岗位和个人。从而做到安全生产重担大家挑，人人肩上有指标，增强了干部职工压力感和责任感。

不断提高职工安全技术素质。新郑卷烟厂几年来每年都要有一批新工人进厂，还要接收一批大中专毕业生、军队转业干部和复原战士。厂里明文规定，每年新工人进厂都要进行安全技术知识培训，认真学习安全法规、安全技术、安全管理知识。经考试合格者，持证上岗。凡从事危险作业、高新设备的工人，如电气、锅炉、运输车辆、引进高科技专用机器，还要进行严格的专业技术培训和安全操作技术训练，经考试合格后，坚持凭操作证进行独立操作。工人变化新工种、新岗位时，首先要进行安全知识和安全操作规程培训。

不让职工带思想隐患上岗。几年来，这个厂在日常生产中，针对直接影响安全生产的职工情绪低落、纪律松懈、冒险蛮干、侥幸心理、家庭不和等几十种不安全思想因素，逐一分类排队，深入细致做好思想工作，不让每一个职工带思想隐患上岗。

重视改善职工生产生活环境。厂里先后投资350万元，改造除尘降温设备，投资22.5万元治理空压站噪音，使噪音由94分贝降至88分贝；扩建托儿所、幼儿园，解决职工子女入托难；兴建子弟学校，解决职工子女入学难；购置配发煤气炉具、罐，解决职工吃饭难；劳动服务公司深入家属区逐户上门服务，换液化气，修电器，送副食品，急职工所急。

这个厂还注意推广应用人体生物节律对职工自身安全行为超前预测和控制，开发出“人体生物节律曲线图”等，对双临界点或单临界点职工的安全和工作做适当安排。智力、体力、情绪三项同时处于临界期者，停止工作，实行强制性休息；两项处于临界期者，不得从事危险性工作，不得单独上岗，临时调换比较安全的工作；一项处于临界期者，上岗前提醒本人注意安全。人体生物节律在全厂的推广应用，有效地克服了职工的盲动行为，减少了由于个人智力、体力、情绪等因素造成的操作事故。

（本文与陈开印合作，原载1993年9月10日新华社河南分社《河南内参》第17期）

重振“烟叶王国”雄风

河南烟叶生产，曾占据“全国第一”的位置36年，种植面积和收购量在全国一直无人可比。1958年，毛泽东主席视察襄城县烟田时高兴地说：“你们这里成了烟叶王国了。”此后30年，国人谈起烟叶，言必称河南。

然而，1988年，云南烟叶收购量首次超过河南，我省烟叶丢“冠”退“位”。进入90年代，我省烟叶生产持续滑坡，在全国的位次逐渐后移。去年，全省烟叶实际种植面积仅180多万亩，收购315万担，比国家下达的指令指标减少35.7%和57.1%，是我省烟草公司成立以来的最低“记录”。省内地方财政因此减少收入1.68亿元，烟农减收4亿元。

我省烟叶生产何以滑坡?

有关方面认为，首先是烟叶收购价格的问题。近年来，随着粮食问题的日渐突出，国家对粮食的定购价格不断上调；烟叶作为国家的专卖商品，收购价虽也作了调整，但幅度太小。这样，烟粮比价由七八十年代的1∶4降到了目前的1∶2.5。种烟的比较效益下降，加之烟叶生产成本越来越高，自然灾害频繁等，烟农的种烟积极性受挫，不愿在提高烟叶质量上下功夫。

另外，从整体上看，近年来全国烟叶一直是买方市场，卷烟工业随着产品总量控制，产品档次提高，对上等和部分中等烟叶需求量增大。而一般年景，我省上中等烟叶的比例只占总产的25%左右。产销脱节，加剧了烟叶生产发展的困难。

应该说，有关部门的分析是客观的，也是符合我省烟叶生产实际的。但是如果从积极的意义上去观察，我省烟叶生产之所以滑坡，还有一个不可忽视的因素，即我们对于烟叶生产的指导，从认识到方法上的误区。

烟叶，在目前作为用途还比较单一的商品，其最大效益并没有通过烟叶生产体现出来，而是体现在卷烟上。在计划经济的体制下，烟叶和卷烟各司其责，相互脱节，对于资源配置和利益分配，各生产环节都无权也无需过问。显然，在社会主义市场经济体制逐步发育和建立的今天，对于“两烟”生产的这种管理方式，已不能适应整个社会利益分配格局变化的需要。从全国范围看，这些年来烟叶生产的起起落落，正是因为这种管理方式及其影响在一定程度上还依然存在。

客观地说，我省烟叶“王冠”旁落，并不能说明我省在烟叶生产的指导思想和管理方式上没作适应时代变化的改革。近年来，从省里到地方，在这方面的革新措施不少，成效也是明显的，但计划经济条件下形成的这套传统管理办法根深蒂固，改革起来又实属不易。

然而值得重视的是，云南省正是在“八五”期间，推广玉溪地区的经验，实行烟厂、烟草分公司、烟草专卖局“三合一”的管理体制。同时，将烟田作为卷烟生产的“第一车间”大力扶持，使烟叶生产紧紧围绕卷烟生产的需求而发展提高，用卷烟的部分效益反哺烟叶生产，保护烟农的利益，“两烟”相辅相成，从而走入良性循环。

玉溪的经验至少证明了这样一个道理：卷烟和烟叶生产密不可分，尤其是在烟叶主产区，尤其是在市场机制逐步发育，社会利益分配格局发生较大变化的今天。对于烟叶生产，目前的共识是：如果仅仅依靠收购价格的调整来保证烟叶生产的顺利进行，潜力不大，也不可能。烟叶毕竟是一种农作物，和其他作物之间必须保持合理的比价。因此，用卷烟的利润来扶持烟叶生产，就成为稳定发展烟叶生产的合理选择。

众所周知，我省的卷烟工业整体实力还不强，如果强令他们一步到位，把全省的烟叶生产都扶持起来，是不现实的。因此，正确处理卷烟工业、烟草公司和烟农三者之间的关系，使“两烟”的产、供、销各环节结成真正的利益共同体，以整体优势参与大市场的竞争，应该是河南烟叶重振雄风的可取之路。

具体说来就是：卷烟厂在开发自己的拳头产品时，选择省内符合自身发展需要的烟区定向扶持，以建立优质烟生产基地为目标加大投入，在切实保证烟农利益的前提下，实行全封闭的种植、管理、烘烤和收购；地方政府集中精力改善烟田的生产条件，烟草部门和农技部门提供有力的产前、产中、产后服务等。在保证省内卷烟厂原料供应的前提下，按照互惠互利的原则，允许和鼓励省外乃至境外的卷烟企业在我省划定的烟区建立他们的烟叶生产基地，或进行技术承包。在此基础上，政府着力稳定烟叶种植面积，狠抓“三化”生产技术措施的落实，推广规范管理、包衣种子、科学烘烤等新技术，努力提高烟叶内在质量，使我省烟叶生产迅速走出低谷。

按照这个思路，目前要做的工作，一方面是要使卷烟厂切实认识到企业和烟农的利益密不可分，烟叶生产是卷烟的基础之基础，从振兴豫烟的长远利益出发，舍得投入，舍得牺牲眼前利益，并通过有关部门制定出相应措施，防止出现短期行为；另一方面要尽力克服以往工作中硬性“捆绑”的方法，使之在共同利益的基础上自觉自愿地结合起来。政府组织科技人员尽快研究提高烟叶生产质量等重大课题，我省拥有目前任何省区无可匹配的烟草科研队伍，曾经为全国“两烟”的振兴作出过重大贡献。目前的关键，是要在尽快解决烟叶科技“棚架”的前提下，把科研人员的研究方向尽可能地引导到烟叶生产的先进实用技术上来，特别是抓好优良品种的实验、比较、定型、繁育，迅速开发适合我省土壤、气候条件的烟叶当家品种。

河南烟叶生产任重道远：每年既要供应省内烟厂280万担烟叶，又要为全国百余家卷烟厂提供350万担原料，还有60万担出口备货任务；更为重要的是，我省烟草行业每年还有数十亿的创利税任务。因此，尽快扭转我省烟叶生产的滑坡局面，迫在眉睫。

（本文与王自和、郭玲玲合作，原载1995年4月18日《河南日报》）

汗 水 铸 奖 杯

——记河南安阳卷烟厂厂长兼党委书记赵志正

厂还是这个厂，人还是这些人。赵志正走马上任河南安阳卷烟厂时，也同时挑起了亏损1.1亿元的沉重包袱。

1995年4月到年底，短短的8个月，奇迹出现了——全年实现工商税利1.62亿元，填补亏损1770万元，利润116万元。

1996年该厂更上一层楼，实现工商利税2.89亿元，其中利润1249万元，分别比上年增加74.4%和976.7%。全厂人均工资由1994年的4321元增加到1996年的9345元。

赵志正上任之初，全厂包括离退休职工在内的3200余名职工拭目以待。从卷烟工业企业摸爬滚打锻炼出来的赵志正，工作服一穿，进车间，转处室，走访离退休职工。通过调查了解，赵志正提出了“稳定干部队伍，实施名牌战略，积极开拓市场，提高经济效益”的治厂方略和“苦干三年，力争跻身于全省烟草系统先进行列”的发展目标。

赵志正把稳定干部队伍作为提高企业经济效益的组织保障。厂级领导干部除一名技术副厂长由上级委派外，原7名副职全部保留，64名中层干部，除一名因产品重大质量事故造成经济损失被免职，其他一个未动，并提拔了20名年轻中层干部。与此同时，狠抓了工作作风整顿，从小事入手，强化了领导干部清正廉洁意识，密切了干部与职工群众关系。

实施名牌战略，严格产品质量是赵志正提高企业效益的重要举措。该厂提出了争创名牌产品带动企业发展的思路。

狠抓产品质量，全方位开拓市场是赵志正抓企业经济效益提高的精明之举。对厂级领导干部实行销售目标管理责任制，9名成员除4名同志坚持厂内日常工作外，其他 5 名按销售区实行销售划线包片。靠信誉，凭质量，以优质的售后服务，既巩固了老客户，又结交了新朋友。一份份订单飘然而至，一封封感谢信飞驰而来。他们的产品市场占有率和市场份额大大提高。

两年来，赵志正比职工们吃的苦多，受的累多，常常工作到深夜十一二点钟，有时到次日凌晨。节假日、厂休日是他和助手们研究工作的好时候，在办公室过夜休息是常事。为了调查研究市场，赵志正奔走全国各地销售区。他上太原，去杭州，赴北京。分布在邯郸、晋城、无锡等地的上百个客户他几乎走了一大半。

赵志正的正气与汗水得到了社会的承认，党和人民也先后给了他许多荣誉：被评为优秀共产党员，荣获市、省、全国“五一”劳动奖章，河南省优秀经营管理者，被国家计委和国家民政部授予创业英雄称号。他所领导的企业先后荣获省民主管理优秀企业、省职业道德教育先进单位。

（本文与雷天河合作，原载 1997 年 6 月 7 日《经济日报》）

黄土地上新希望

——鹿邑县科技兴烟纪实

近年来，河南省鹿邑县生产的优质烟叶叫响全国，曾多次评为全省、全国烟叶生产收购先进县。去年全县种烟7.5万亩，收购烟叶1260万公斤，上等烟占25.8%，实现利税4500万元，亩均产值1500余元，创历史最高水平。

对此，常务副县长李文德深有感触地说："这是大力推进科技兴烟战略，主攻质量的结果。目前科技对鹿邑烟叶增效的贡献率达52%，并使一大批烟农脱贫致富。"

鹿邑县以前烟叶生产管理粗放，投入高，效益低。1994年以来，县委、县政府决定走科技兴烟的路子，使烟叶生产由粗放型向集约型转变，传统数量型向科技质量型转变。他们先后成立了县、乡（镇）科技兴烟领导小组，同时引导广大科技人员投身科技兴烟活动，出台了一系列推进科技兴烟政策。建立健全了以县烟叶生产技术指导组为辐射源、村民小组为辐射点的技术推广网络，民间还自发成立烟草学会、烟农学会、技术连保组，形成多层次、多成分、多形式的科技推广组织746个，服务人员3760余人。这些组织充分调动了科技人员的积极性，进行全方位技术服务。

这个县推广烟叶生产新技术有：

改革烟田传统耕作时间，由春耕改为秋耕一遍、冬耕两遍，使土壤疏松，肥力提高。移栽前起垄时，再深耕一遍，利于保墒增温。

科技配方施肥。根据烟田种过作物的茬口、地力、土质情况，确定每块烟田施用氮、磷、钾的最佳配比，并印成明白纸发至种烟户。科学配方施肥，使烟叶质量明显提高。

推广优良品种。该县先高价收购劣杂品种统一销毁，再从美国引进NC89优良品种，全县统一供种，统一包衣，技术员统一到苗床点播，从而根除了品种多、乱、杂的现象。目前，全县优良品种普及率达100%。

推广地膜覆盖技术。据抽点调查，地膜覆盖与露地栽培相比，亩烟增产20.2公斤，上等烟提高14.6个百分点，亩增产值122.7元。

大力培养科技种烟示范村、示范户的“细胞工程”，是鹿邑县实施科技兴烟战略的重要手段。目前，全县涌现出科技种烟村127个，科技示范户374个。县里对他们进行定期培训，把全县既有理论又有实践经验的技术员组成技术报告团，深入烟田地头现场示范，把先进生产技术送到示范村、示范户手中。与此同时，该县对示范村、户在物资和资金上给予优惠扶持。科技种烟示范村、示范户利用自身掌握的技术，借助县里的优惠政策，不仅很快走上种烟致富路，也在推广应用新技术中，帮助全县烟农解决技术难题近百个，使37570余户烟农走上脱贫致富路。

（1998年4月30日《经济参考报》）

1997 年全国流通销售假烟 100 多万箱，1998 年上升到 200 万箱，今年上半年仍在上升

假烟年年喊打　为何有增无减

前不久，国家烟草专卖局在公安部的密切配合下，对全国制售假冒商标卷烟重灾区福建省漳州市、广东潮汕地区连续进行三天大规模围剿，捣毁制售假冒商标卷烟地下工厂和窝点 30 多个，成果显著。

然而，在总结会上，国家烟草专卖局专卖管理司负责人却坦率直言：从全国总的态势来看，近几年制售假冒商标卷烟数量呈逐年增加之势。1997 年全国卷烟市场上流通销售假冒商标卷烟 100 多万箱（每箱 250 条），1998 年上升到 200 多万箱，国家财税流失近百亿元。今年上半年，社会上制售假冒商标卷烟有增无减，仍在上升。

近年来，每年全国各级烟草专卖局组织的打击制售假烟队伍及配合参与的公安、检察、工商、技术监督等执法人员有 200 万之多。为此每年投入的费用达亿元。为什么制售假烟活动仍屡禁不止呢？

暴利驱使不法分子敢于铤而走险，是制售假烟的内在动因。制售假烟大部分都以低等烟叶作原料，不少假烟粗制滥造，用硫磺熏蒸低下次烟叶或洒色素使其变为黄色，严重危害消费者健康。制造一条假冒品牌红塔山烟，成本不过 7 ~ 9 元，每条批发 15 ~ 20 元左右。贩卖到中原、北京地区每条 35 ~ 50 元。制售假冒玉溪、中华、芙蓉王等高档名优烟，获利更丰。

与卷烟生产配套的烟草专卖品管理不严，有漏洞，是制售假烟赖以生存的物质基础。近几年，烟草公司按产购合同收购烟叶，而超计划种植面积生产的烟叶有的没收上来。一些烟农擅自将烟叶卖给烟贩子。不少个体、集体甚至个别国有印刷企业私自为不法分子印制假冒商标标识

和包装装潢。一些与卷烟生产配套的单位和企业擅自购进烟用辅料。个别国家定点烟草机械生产企业的三产企业擅自向不法分子出售烟机。

对查获制售假烟案件，只缴烟机设备，不抓人，以罚代刑，打击不狠。追究刑事责任的寥寥无几。制售假烟分子交罚款后，绝大多数又重新购买烟机继续再干。更有甚者，有的制售假烟分子的烟机该淘汰，处理没人买，就向打击制售假烟举报中心举报。执法部门收缴后，他们每台烟机可骗到 8000 ~ 15000 元的举报奖。

一些地方的党政领导对打击制售假烟认识不足，党内极少数腐败分子入股参与，为制售假烟撑起了“保护伞”。有些地方领导干部以“搞活经济”为名，默许、姑息纵容制售假烟的犯罪行为，对案件久拖不办，罚款了事。国家烟草专卖局组织的一次打击制售假烟活动中，在广东省潮阳市、普宁市和福建省诏安县事先秘密踩到 7 个制假窝点，当执法人员早晨赶到时，烟机拉走，人去屋空。在潮阳市胪岗镇地下烟丝厂门口，国家烟草专卖局办案人员问该镇一党委副书记：“这个烟丝厂在热闹繁华的居民区，公路边上，几百米外就能闻到烟味，你们为什么不打击？回答是：群众没有举报。”

法制不健全，对制售假烟怎样量刑不具体，操作困难，处理偏轻，使制售假烟分子钻了空子。《烟草专卖法》及实施条例中，都没有明确界定生产、销售假烟的数量大小，构成犯罪的起刑点模糊不清。《产品质量法》《商标法》《刑法》等其他法律条款中对此也没有明文规定，只明确了处以罚款。还有，《烟草专卖法》规定，烟草机械整机才是烟草专卖品，其零配件不在专卖之列。目前全国生产烟机零配件的企业上千家，都未列入专卖行列统一管理，这给拼装烟机打开了方便之门。制售假烟是个社会问题，因此，唯有实行综合治理，才能奏效。

（原载 1999 年 11 月 8 日《人民日报》）

卷烟真伪的鉴别

一、卷烟外观质量识别

条烟。名优卷烟上的透明纸平整、干净、紧凑、美观，透明纸搭扣多位条盒偏下端，用烙铁加温粘合，且粘合的很规则。假冒烟多用残次或旧条盒、透明纸发皱不干净、不平整。透明纸搭扣多用胶水粘合的不规则，少有潮气，一拨即开。

小包烟盒。名优烟小包烟盒，用透明纸包装，拉线距上端4~7mm，拉线头5~9mm未粘合，拉带头呈小舌型。假冒烟透明纸不平整，松散，拉线头一般为平头，多数无拉带头，拉带与透明纸不粘合，拉开后烟盒上的透明纸参差不齐。

商标。名优烟条包与小包商标相一致，图案、字迹清晰、完整、色泽光亮。假冒烟常用废旧装璜，表面不洁，防印的图案，字迹颜色灰暗，浅淡，商标的小字体模糊不清或残缺不全，有漏印、叠印、错印等现象。

封签。名优卷烟的封签有与条、盒相一致的生产厂家。贴封签时涂两条宽约2mm的黏剂。假冒卷烟的封签与条、盒生产厂家不一致，有的无厂家字样，贴封条时全部涂胶水或浆糊，有的是封签两头涂胶，中间没有涂胶。

针眼。名优卷烟的针眼系机械包装所致，在横包装底部两侧折角有两条划破口，竖包装在揭开封口后在一侧有划破口一条，也叫针眼。假冒烟一般无针眼，即使有，也是用剪刀所致。

烟支。名优烟烟支长度一般为84mm，其中水松纸长度，长出滤嘴棒长度4mm，一般为24mm。烟支上的烟印，距上端一般为28mm，钢印在同一直线上。烟支上的字体，生产班次代号、月份清晰完整、细致。烟支重量为0.85~1.15/支。假冒烟的钢印字迹粗糙、颜色暗淡、模糊，且位置上下不齐。

烟支切口。名优烟的切口平齐，且圆而饱满，表面光洁。搭缝处是直线，压口上下宽窄一致，一般为2mm，不夹烟末。假冒烟切口有毛茬，不圆、空头，表面不干净，压口处上下宽窄不一，往往夹有烟末和浆外溢现象。

接嘴。名优烟的装嘴处饱满，松紧均匀，不漏气。手工假冒烟一般没有滤嘴成型纸，用盘纸一卷到底，机制假冒烟的烟支接嘴处松散、皱纹、漏气，有的空松，手指轻捏即扁。

铝箔纸。名优烟一般使用进口或定点厂家生产的铝箔纸，厚薄均匀，呈银白色，光亮。还有铝箔纸上打有机台号钢印。假冒烟用的铝箔纸，多属低劣品，颜色暗淡，表面粗糙，厚薄不均。

烟丝。名优烟丝，梗很少，且经过膨胀技术处理。假冒烟烟丝不细且短，不均匀，有明显烟梗、梗头和圆梗片。

盘纸（卷烟纸）。名优烟使用的盘纸，多数为进口盘纸，透气度高，纸张表面纹理清晰均匀。假冒烟多使用国产卷烟盘纸或残次盘纸，厚薄不匀，表面纹理不清晰，白度不好。

二、卷烟的内在质量识别

烟丝色泽。名优烟所用烤烟烟叶，呈桔黄、金黄或深黄，光泽油润。假冒烟烟丝大多数颜色为棕黑色和青褐色。深浅不一，光泽暗淡，有的烟丝虽然经过色素处理，但处理不均匀，能够看得出。

香气。名优烟香气，鼻嗅卷烟时具有一股醇浓的烟香气味，烟的自然香气与香精混合，香气明显糅合闻后给人一种舒适感。假冒烟因加香或多或少掌握不匀或使用劣质香精，闻时感到不适，或香气平淡；如果时间一久，香气失散，清杂气就显露出来。

吸味。名优烟的吸味，由于烟叶经过定时自然发酵、醇化，经科学配方，燃吸时，入喉香味醇和、丰满、浓香，劲头适中，刺激性小，余味舒适。假冒烟的烟叶多数未经发酵，燃吸时，入喉辛辣，劲头大小不一，清杂味明显，余味苦。

阴燃。名优烟烟支点燃后不熄火，烟灰呈灰白色，不散脱。假冒烟烟支点燃后，容易熄火，烟灰多为黑色，燃烧后烟灰向外炸开，且散落。

三、走私烟的认定

所谓走私烟，就是逃避海关监管，偷漏关税而进口的卷烟。在国内市场上常见的走私烟有两种：一种是走私的外国卷烟；一种国产卷烟出口倒流。两种走私烟的认定：（一）凡正常进口，寄售的外国卷烟，在包装上都印有“中国烟草总公司专卖”的汉字字样，没有则视为走私烟；（二）国产出口卷烟在包装上（条盒、盒皮、封签、金拉线等部位）都印有“专供出口”的汉字或英文“FOR EXPORT”的字样，在国内卷烟市场上，若发现有上述字样的，则视为国产出口倒流卷烟，也称之为走私烟。走私烟按国家有关规定，烟草专卖管理部门有权予以没收。

（原载 1997 年 5 月 23 日《河南日报》）

调研报告篇

河南省发生烟农毁烟现象

进入8月以来，河南省发生建国以来从未发生的烟农大面积毁烟现象。在平顶山、许昌、驻马店等主产区，我们看到的烟农把烟株上部将要成熟的5至7片叶子打掉；有的烟农对上部叶片干脆就不采收，让其干枯坏死；有的烟农非常气愤地用棍子把上部叶片敲掉，光秃秃的烟杆长在田里。据烟草部门调查统计，全省已有64450多亩被有怨气的烟农毁掉，将有520多万斤烟叶人为地变成垃圾，烟农直接经济损失600多万元。

烟农自己种的烟叶，一部分叶子还没有换成钱，为什么又亲手把它毁掉呢？为此，河南省烟草专卖局专门组织有关人员深入烟区调查，与一些烟农和县乡干部座谈，大家一致认为，烟农毁烟的原因是：

一、农用资料涨价，生产烟叶成本增加。今年以来，化肥、农膜、农药、竹杆、麻绳等烟叶生产资料价格涨幅较大，尤其是炕烟用煤价格上涨一倍多，在产煤区每吨煤售到烟农手中达180元左右。周口、商丘、南阳等非产煤区每吨煤售价达230元上下，而且煤质差。烟农反映说，前几年，炕一斤烟叶需要两三斤煤，今年要烧五六斤。把青烟炕成黄烟，付炕头加工费，一斤烟叶费用0.5~0.7元。每亩烟用成本达190~220元，比去年提高一倍多。

二、烟叶与粮、棉、油等农作物产品比价不合理。近几年，粮食、棉花、油菜籽等收购价多次调价，而烟叶收购价未动，导致烟农收入相对减少。烟叶一年只能种一茬，投入高，生产周期长，费工费时，每亩卖烟年纯收入只有150~220元，低于种粮效益。

三、烤出的下低次烟叶赔钱。进入8月后，烟区阴雨连绵，气温低，光照短，上部青烟水分大，落黄慢，难烘烤。下低次烟叶 7 个等级中，收购平均价每市斤 0.3 元。其中，最高等级的中黄 5 级每市斤才 0.6 元，最低的末级只有 5 分钱。烟农炕出中黄 5 级能够基本保本，其他 6 个等级全部赔钱，甚至还不够炕烟用的煤钱。

四、由于前两年的“烟叶大战”，一些地区和烟叶部门为了本单位的利益，提级提价收购。不少烟农在烟叶中掺杂使假，包包垫头，获得了极不正常的收入。据统计，去年烟农亩烟纯收入在 400~600 元，甚至有的高达 800 元以上。有关部门测算，去年全省因提级和掺杂造成的经济损失达 2.06 亿元。其中，约 70% 的款付给了烟农，30% 由地方财政所得。今年烟叶收购部门按照烟叶国家标准接收，既不压级压价，又不抬级抬价，广大烟农思想扭不过弯来，生气，窝火，怨声载道。襄城县范湖乡大白村的烟农说，今年种烟不划算，过完春节就忙着育苗、整地、移栽、培土、打顶抹杈，8 个多月不得闲，弄不好还要赔本。吃苦受累换来的是，妇女粘了一身油（打顶抹杈、采收、灭虫时粘的烟油），男人落个伙夫头（烧炕），村里落了炕烟楼（炕房）。

烟农毁烟现象虽经有关部门做工作基本得到制止，但如不及时调整政策，进一步鼓励烟农种烟，明年烟叶生产势必大滑坡。

（本文与陈开印合作，原载 1989 年新华通讯社《内参选编》第 37 期）

●号称“烟叶王国”的河南省为什么失去昔日的风采？雄踞全国烟草39年之首的桂冠何以落地？

●难道仅仅是因为河南缺“钱”吗？

●其实，河南有许多优势，许多潜力。“烟叶王国”的振兴已时不我待。请看专题报道——

河南烟草发展现状的观察思考

烟草王国怎么了？“两烟”（烟叶、卷烟）大省怎么了？不少关心河南“两烟”发展的人士在问。

河南素有“烟叶王国”之称。可是如今，河南卷烟似乎已经拿不出手，家中招待要云烟，外出应酬要云烟，市场上热的是云烟，宾馆里放的是云烟，连我们河南省的官方活动也是摆云烟……过去在卷烟方面名不见经传的云南，一夜之间在中原市场上独领风骚。而作为“两烟”大省的河南，曾风靡全国的许多卷烟牌号，居然已难登大雅之堂，这究竟是为什么？

河南“两烟”产量曾雄踞全国之冠39年，烟叶是全国各大烟厂卷烟生产的主料；卷烟在全国市场举足轻重，然而，俱往矣！后来者已经遥遥领先。这，就是我们不得不面对的严酷现实。

据史料记载，河南省于明朝崇祯（1642—1644年）年间开始种植晾晒烟，种烟历史已有360多年。到清末，已经享有“烟都”之誉。1913年，河南烟叶在巴拿马万国商品博览会上展出并获金奖。1902年，英美烟公司在华设立分支机构，建厂产销卷烟。为获得廉价的卷烟原料，实现利润最大化，决定在中国种植美国烤烟。光绪30年至民国3年（1904—1914年）该公司派员先后在湖北、河南、山东、安徽、云南等 14 省的 49 个县对土壤、气候、自然环境、种植晒晾烟的情况进行了调查，并向当地官员和农民赠发美国烤烟种子、宣传小册子，引导农民种植烤烟。1913 年，在河南许昌、山东潍坊、安徽凤阳试种烤烟成功，并逐渐发展壮大，形成中国著名的三大烤烟产区。抗日战争爆发后，烤烟主要产区的山东、河南、安徽等省相继沦陷，烤烟生产受到很大影响，种植面积大减，到 1938 年，全国烤烟总产由 8 万吨下降到 3. 63 万吨。1940 年，南洋兄弟烟草公司为解决烟叶缺乏问题，在云南开远县试种烤烟成功后不断发展。

烟叶香型，分为 3 种：以豫烟为代表的浓香型，以云烟为代表的清香型和以鲁烟为代表的中间型。浓香型烟叶在卷烟配方中占有特殊地位，不仅用作主料烟，更重要的是起调香作用。解放前，英美烟公司在亚洲生产的卷烟，烟叶的 80% 来自中国，而河南烟叶就占去 50% 多，其余的鲁、皖、云等省加在一起仅占 30% 。

解放后，河南烟叶和卷烟生产均得到长足发展，直到八十年代后期，烟叶收购量和卷烟产量，连续 39 年保持全国第一，故有“两烟”大省之称。河南拥有 16 家卷烟厂，年产量居全国之首，占全国卷烟总产量的 9% ，销售市场覆盖全国 28 个省、市、自治区，具有举足轻重的影响。河南烟叶每年向全国 100 多家卷烟厂供应 400 多万担烟叶。曾代表中国卷烟生产水平的上海、青岛、天津“三大烟厂”，无不依靠河南烟叶。从外事活动的元首烟“熊猫”、国宴烟“中华”到久负盛名的“大前门”“牡丹”等等名牌，其配方都由河南烟叶作为主料烟。不仅如此，河南烟叶在国际上也占有重要地位，以 1985 年为例，生产烟叶 45 万吨，占世界烟叶总产量的 6. 6% ，与世界著名烟叶出口国的巴西相当，比烟草大国美国的烤烟产量高出 26% ，是烟草基地津巴布韦的 3 倍多。

说起河南烟叶的地位，人们一定还记得毛泽东主席亲自视察襄城县烟田的光荣历史，但人们也许并不知道，1963 年，周恩来总理出访中东 13 国，上海卷烟厂居然未能生产出足够出访携带的中华烟。1978 年因河南烟叶遭灾减产，弄得“熊猫”卷烟缺原料，上海卷烟厂只好专派6名工人逐片叶挑选，全年才生产2.49箱。

然而，俱往矣，进入八十年代末期，全国烟草行业千帆竞发，百舸争流。遗憾的是，“两烟”大省的河南由于多种因素的影响，失去了发展的最佳机遇，几年间，连续39年居全国之冠的“两烟”产量已被云南超过，全省卷烟工业税利总额由过去全国第一位退到1990年的第三位，卷烟工业技术改造比先进省晚了好多年；甲乙级卷烟所占比重，比全国平均水平低20个百分点，居全国第27位，单箱税利比全国平均水平低32个百分点，居全国第28位。到去年底，全省卷烟工业企业累计亏损挂账12亿元，是固定资产净值的两倍多。

变化来得如此突然，似乎就在一夜之间。

“两烟”大省丢冠退位的衰落，有多种因素的影响，首先在于兄弟省的崛起。

生产高质量的卷烟，需要的基本条件是：一是好原料，二是好设备，三是好管理。正当我们为“烟叶王国”的荣誉而自豪时，全国烟草行业进入了快速发展的新时期。在此之前，全国财政吃的是“大锅饭”，“两烟”的高税收与产地的财政无大关系。进入八十年代之后，财政体制改为“分灶吃饭”，“两烟”之高税这个“大头”留归地方，极大地刺激了各省发展“两烟”的积极性，就连原不产烟的省份，也按捺不住而纷纷行动起来。据传，云南还提出了一个意味深长的口号：占领江南，挺进中原，跨入河南。

可惜，这个颇富刺激性的口号，并未使“烟草王国”的方方面面受到刺激。背负着沉甸甸的“烟叶王国”殊荣的人们，对此并不以为然。是啊，直到1984年，云南的玉溪和昆明两大卷烟厂，还派人到郑州、新郑和开封卷烟厂拜师学艺呢！

或许是荣誉太多的缘故，我们在认识上出了毛病，从而错过了一次历史性的机遇，财政“分灶吃饭”之后，许多省都看准了“两烟”投入少、产出多、周期短、效益高的特点，利用当时引进政策宽松的机会，纷纷投资引进国外先进技术设备。河南省的专家们眼看外省迅速“武装”起来，生怕掉了这班车，急忙跑到省里要钱，谁知有关部门却莫名其妙：国家不是成立了烟草总公司吗？你们已经划归总公司领导，花钱应该找北京要。咱河南只管收税而已！别说没钱，有钱也不能给你们投。

不错，这笔账算得极其简单。专家们又跑到北京申请投资，总公司一听哈哈大笑：高税这个“大头”你们地方上拿去了，投资当然也该由你们地方上拿。想得好处又不想摊本儿，哪有像你们这样算账的？

的确，外省另是一种算法。仍以云南为例，1989 年该省发生地震，中央派团前往慰问，云南却提出不要中央给钱，只要优惠政策。他们宁愿自筹资金，引进先进技术设备，改造几个烟厂，进行生产自救。于是，云南在完成头一轮技术改造的基础上，又进行了新一轮较大规模的引进，技术设备达到了国际先进水平。

可是，河南呢？历史给大家提供平等的机遇，却只偏爱那些捷足先登者，不肯稍候慢慢腾腾的我们。我们有关部门对形势估计不足，河南的企业又缺乏紧迫感，存在着等、靠、要的惰性，结果同样的几年时间，别人已经武装起来，我们只作了一点修修补补。到 1990 年底，全省 16 家卷烟厂，才拥有 2500 多台（套）卷烟设备，引进的只占 146 台（套），而且多是“二手货”，新型的仅 23 台（套），占总数的 0.9%；然而属于国家公布淘汰的三四十年代水平的国产设备，竟超过 1000 台（套）之多，占总数的 40% 以上，超期服役的设备更高达 69.5%！

没有先进的技术设备，很难生产出高质量的卷烟，便无法面对无情的市场。1982 年，在卷烟省外的销量上，云南第一次超过河南，到 1987 年，其省外销量高达 200 万箱，超过河南一倍还多。再加上其他省的冲击，我们的省外市场迅速萎缩。只要到市场上转一下，就不难感到云烟的巨大压力。据统计，1990 年云南卷烟税利总额报告数为 65 亿元，其中仅玉溪一个厂就超过 32 亿元，而河南全省 16 个厂，还不足 16 个亿。

数字是雄辩的事实，但还并非问题的全部。更让人忧虑的是，在未来的竞争中，别人已处于非常有利的起点上，一位专家这样比喻：我们正被迫骑着自行车与人家的汽车赛跑。

八十年代后期，人们为了获得眼前利益，自觉不自觉地卷入了一场“旋风”。但是结果，得到的远没有被卷走的多！它便由我们自己推动起来，最终又害苦我们的“烟叶大战”

制约卷烟质量的第二大因素是烟叶。

在20世纪六七十年代，由于三年自然灾害的影响，烤烟生产急剧下降，造成卷烟原料极度缺乏；又因浮夸思想泛滥，产烟区争搞“吨烟田”，严重影响了烟叶质量，致使高等级烟叶由以前平均3.5%左右下降到1%以下，甲乙级卷烟原料严重不足；“文化大革命”开始后，烟叶生产和流通管理机构多数不能正常开展工作，烟草托拉斯被批判为“条条专政”而解散，一些合理的奖售政策措施定为“物质刺激”并且被批判取消，大大挫伤了农民种烟的积极性，烤烟生产继续滑坡，卷烟工业原料再度出现紧张，连续5年使用烤烟库存，烟叶供需矛盾加剧。在这种市场形势下，河南就提出了“高产优质”的口号，但在生产中却是重产量，轻质量，一度使河南烟叶市场信誉下降。挫折是一位严厉的老师，教我们懂得了质量比产量更重要的道理，河南这才提出了“优质高产”的生产指导方针。从“高产优质”到“优质高产”，看似顺序的颠倒，其实反映了河南对市场认识的深化，对驾驭市场的自觉。

1982年1月，中国烟草总公司成立后，提出“八五”期间烟叶生产指导方针：“计划种植、主攻质量、优质适产、提高效益”。河南认真贯彻落实这一方针，从种植面积和收购数量计划下达到选种育苗、平衡施肥、田间管理、成熟采收和科学烘烤等生产环节，都按照规程认真操作，大大提高了烟叶质量。可惜好景不长，这一切努力，却被一场“烟叶大战”化为乌有。

烟叶是高税高利商品。按烟叶收购投放资金总额收取38%的产品税，即每收100元的烟叶，地方财政可得38元的产品税，外加其他税费，一共是40.66元。许多地区靠“烟财政”“烟经济”，有的地方财政收入的一半以上靠烟叶税，个别县甚至高达70%以上。

20世纪80年代，我国实行地方财政包干体制和干部考核制度，强化了地方政府的功利主义意识，只图本地区、本单位利益，为了多得烟叶税对烟叶收购采取了不适当的行政干预。烟叶收购季节，在产烟区流行传唱的顺口溜，“四大班子”（县委、政府、人大、政协）一齐抓，后面跟着公检法，都是为了38，便是真实写照。

1986年，由于全国烟叶遭灾减产，给不少地方烟区带来了惶恐情绪。1987年在烟叶收购中，全国爆发了省、县、乡镇毗邻地区的“烟叶大战”，擅自竞相提级抬价、混等级、当场兑现扶持费和奖励物资抢购烟叶，收购秩序混乱。

河南“烟叶大战”的主战场在豫中老烟区。是年，当地某些领导部门为了保证烟叶税收，采取“先下手为强”策略，提级抢购烟叶。结果，超额完成了收购计划，受到地方政府领导的表彰奖励，既风光又实惠；原先估计能够完成收购计划的许昌市，却有上千万公斤烟叶没有收上来，财政流失烟叶税2700多万元，受到各方的批评指责，满脸无光。

1988年，全省烟叶收购工作会议一结束，有关各县都严阵以待，声称：自己“不打第一枪”，一旦别人抢购，坚决予以“还击”。收购初期秩序尚好，但过了10来天，各级领导部门从本地财政收入考虑，又心急火燎地层层催促，于是你抢我也抢，战火旋即蔓延开来，收购秩序混乱。收购等级标准放宽，有的县居然提出以放宽两个级的“优惠”政策吸引烟农。某县烟草公司经理不忍心看着国家吃大亏，却又不敢得罪本县领导，只好偷偷跑到另外两个地、市，向省公司连发两封匿名电报，提请省里急派员干预。遗憾的是，省里虽然派了检查组，怎奈已是杯水车薪，就连“处理意见”，也在“研究”声中渐渐凉透，终于无声无息地不了了之。

如此一来，国家烟叶等级质量标准和收购纪律如同虚设。1988年，在烟叶收购中全无章法，抢购之风愈演愈烈，掺杂使假十分普遍，混等混级严重，等级合格率低。连续两年的烟叶大战，使河南烟叶信誉大降，影响恶劣，国家吃了大亏，全省损失2.06亿元。

仅此损失也还罢了！更严重的是，这些劣质烟叶又坑苦了省内烟厂。在市场竞争日趋激烈的紧急关头，不仅无法生产高档卷烟，就连主导市场的老牌子，也因质量问题，市场上不好销了。试想，这笔损失该怎样算呢？

那些主用河南烟叶的全国各大烟厂，无不怨声载道，无奈采取拒收烟叶、拒付货款对策。就连“烟叶王国”大本营襄城县，直到1989年底，仍有400多万公斤烟叶未能调出，全省大批烟叶货款不能收回，这笔损失该怎样算呢？

“烟叶大战”，客观上助长了省外各烟区竞相发展烟叶生产的势头，以摆脱对河南烟叶的依赖；全国不少烟厂无奈改变卷烟工艺配方，不使用河南烟叶，从而使河南烟叶市场萎缩。这笔损失又将怎样计算呢？

通过多少年含辛茹苦的努力，用心血和汗水浇铸了“烟叶王国”的金字招牌。这是我们的无价之宝，却被我们自己发动的“烟叶大战”砸的粉碎。这笔损失，难道是能够用数字表达的吗?!

河南地处内陆，基础差，底子薄——这是我们经常挂在嘴边的一句话。但是，在“两烟”生产经营上，我们缺少的仅仅是钱吗？我们还能让一个“穷”字为我们承担多久的责任呢？

先进的技术设备，充足的优质烟叶，是云南在短短的几年时间内，一跃而成为全国“两烟”超级大省的基本原因；也恰恰是由于在这两条上出了毛病，导致了河南“两烟”的衰落。但是，如果不同别人横比，而是自己同自己纵比，我们在许多方面都有不小的进步，这就产生一种看法：我们同别人有如此差距，不是因为我们步子太慢，而是别人步子太快，说到底，还是人家实力雄厚，我们河南穷，没有钱。

这种看法对不对呢？不错，我们的财政状况很困难，但是那些近年来突飞猛进的省、市，并不都比我们好到哪里；相反，就“两烟”基础而论，我们比哪个省、市都好得多！同是几年时间，人家却能赶上，甚至远远地超过我们，其中深层次的原因，决非一个“穷”字所能包含！

如前所述，我们在80年代初错过了“引进时机”，后来又燃起“烟叶大战”的烽烟，都并非因为“穷”的缘故。它清楚地反映出，我们这个习惯于“一切由国家包下来”的内陆省份，对滚滚涌来的改革开放大潮，对迅速出现的市场竞争，是何等地缺乏思想准备，何等地反应迟钝！我们难道好意思让“穷”字去为我们承担这份责任吗？

对此，一位“老烟草”感慨万端。1989年，他们争取到一个778万美元贷款引进项目，省里的两个部门都说该由自己批，但是谁也不肯批，万般无奈，他只好直接去找省里的一位主管领导，才使银行在本年度最后一个班的最后时刻办完了手续，没让这笔外汇贷款作废。

这个例子颇能说明问题。整天讲领导就是服务，但是遇到企业需要解决问题的时候却互相扯皮，请问到底是主管部门围绕“第一线”转呢，还是要专门制定条条框框去“管”住“前线将士”的手脚？

说到政府部门为企业服务，还有一点值得提及。近年来许多省都敢于按照中央方针，采取灵活优惠措施，培育和扶持“两烟”生产，我省却只按常规走路，没能积极地为企业创造宽松的环境。全省各地市绝大多数烟草部门盖起了大楼，购买了汽车。而烟厂的包袱却越背越重。特别是1989年，国家准备用减税的办法，解决卷烟工业亏损挂账问题，全国各省份共报批30多亿元，而我省卷烟产量占全国总产9%，亏损挂账严重，但仅报批1.06亿元，占全国的1/30。像这样连中央给予的政策尚不肯使用，难道还不是观念上的毛病而仅仅是“穷”的缘故吗？

另一位国内颇具名望的烟草专家、省烟草公司副总工程师晋子铭感慨尤深地说，目前国际上将成熟度作为衡量烟叶质量的主要标准，但我省烟区不少县、乡镇领导，仍然抱着“黄、鲜、净”的老黄历不放。收烟季节，他到烟区宣传坚持成熟采收、控制烘烤进度的科学道理，不少领导却我行我素，甚至为提前完成税收计划，以行政手段催采催烤。

结果本应达到30%的上等烟，却连20%也难以达到。如此专家意见不抵长官意志，科技兴烟、优质高产岂不成了空话。

又如，我们都喊要重视人才，但是，我们烟厂的一批技术骨干，却被云南的优惠政策吸引走了。如果说这批人都是无能之辈，那么云南为什么要把他们当成宝贝，将他们推上了最终是同我们竞争的关键生产岗位呢？事实上，我省“两烟”领域可谓人才济济，其中不乏高级人才，不乏真知灼见，但却未能挽回我们的颓势。对此，我们又将如何解释呢？

无数事实证明，“穷”字不能成为我们落后的挡箭牌！我们的落后，首先落后在解放思想方面、更新观念方面、改革开放意识方面，相信和依靠科学技术方面。不是别人步伐太快了，而是我们的步伐太慢了。这，便是问题的结论。

失去桂冠未必不是好事，它无疑是在我们背上猛击一掌，促我们猛醒；失去桂冠也未必就失去了一切，我们还有许多优势，许多潜力。让我们全省上下一齐呼唤：归来兮，“烟叶王国”！

严峻的现实，迫使河南不得不面对严肃的课题：河南该向何处去？

常言说，“船破尚有三千钉”。我们失去了“两烟”桂冠，并不等于就失去了一切。我们仍有许多优势，许多潜力。

烟叶，是河南最大的优势。河南省地处北纬32°~37°之间，气候温和，雨量充沛，日照时间长，有生产优质烟叶得天独厚的自然条件。前几年失利的原因，并非市场不需要河南烟叶，而是河南不重视质量而“自行退出”了市场。国内外的众多烟厂一直殷切希望河南烟叶质量尽快恢复和提高，广州、上海、北京、天津等烟厂一直在我省搞烟叶基地的事实就是证明；美国菲利普·莫里斯烟草公司、奥斯汀烟草公司等，在河南联建优质烟叶生产开发基地，作为世界名牌卷烟和贸易货源。据了解，西方发达国家由于在国内烟叶生产成本增高，有意向发展中国家转移，这就为河南提供了良好机遇。可以说，只要抓好质量，河南烟叶的市场前景将十分乐观。

那么，河南烟叶的质量能否上去呢？回答是肯定的。除了天时、地利条件以外，近年来，在豫中烟区反复试验，已经探索出了一套比较成熟的经验。特别值得一提的是，新开发的豫西和豫西南两大烟区，大有后来居上的势头，已开始引起国内外注目。世界著名烟草专家、美国农业部顾问左天觉博士来河南考察后欣喜地表示：“河南烟叶很有希望超过云南，赶上巴西，达到世界先进水平。”

在卷烟方面，河南有许多潜力可挖。河南同云南等省的烟厂相比，差距主要表现在没能及时引进大批的先进技术设备。改革开放的大门始终敞开。河南虽然不能与对方抗衡，但省里已决定重点装备新郑、郑州和许昌三大烟厂，在这个局部上，河南仍有信心形成自己的优势，因为目前竞争的焦点，首先不在于产量而在质量，不仅这3个厂可以生产出市场需要的优质卷烟，就是其他烟厂，只要经过努力，也完全能够在市场上大有作为。新郑卷烟厂年前投产的“豫烟”，堪称河南卷烟的曙光，国家正式定价后，与山东的“大将军”并列全国第三名。自1990年开始，在全国卷烟投标中，漯河卷烟厂生产的“雪城”，并列烤烟型第一名；驻马店卷烟厂生产的“发时达”，位列全国第二代混合型卷烟榜首。去年河南送去的4个牌号有3个中标，它们是商丘卷烟厂的“明牌”、驻马店卷烟厂的“春雷”和新郑卷烟厂的“炎黄”。两年来，河南卷烟出口也有突破，漯河的“雪城”、许昌的“远方”、新郑的“喜梅”、郑州的“彩蝶”和洛阳的“洛烟”，已经先后走出国门。

更为宝贵的是，河南拥有很强的科技阵容，郑州烟草研究院是全国唯一的烟草综合性科研机构，为河南烟草行业的科学研究和技术开发提供了地利人和之便。省农科院许昌烟草研究所已有40多年的历史，专门从事烟草科研和先进技术普及推广工作，在国内享有盛誉；省烟草工业中专学校、许昌烟草技工学校及河南农大、郑州轻工学院，也都不乏有识之士，而且源源不断地输送着专门人才。可以设想，如果这些人的聪明才智得以充分发挥，河南何愁不能重振“两烟”雄风呢？

可喜的是，河南的“两烟”生产，已经引起省委、省政府的高度重视。春节前夕，成立了以省委常委、副省长宋照肃为组长，副省长刘源、省长助理钟力生为副组长的“两烟”生产工作领导小组，并召开了全省烟草工作会议。会议决定，力争用5年左右的时间，扭转河南省“两烟”生产的被动局面。人们期盼，这将成为河南省“两烟”生产史上的最大转折。

让全省上下一齐呼唤，归来兮，“烟叶王国”。

（本文与庞新智合作，原载1992年4月4日《河南日报》）

关于河南省“两烟”发展的研究报告

河南省烟草行业曾有过辉煌的历史，建国后“两烟”（烟叶、卷烟）产量连续39年居全国第一，实现税利连续37年居全国之冠，为全省经济发展做出了重大贡献。但进入80年代末期和90年代初期，河南省“两烟”在激烈的市场竞争中逐步“丢冠退位”，跌入低谷。近年来，河南省烟草行业，高举“团结奋进，务实创新，发展‘两烟’，振兴河南”的旗帜，积极深化企业改革，强化内部管理，调整产品结构，争创名优产品，奋力走出低谷，取得了显著成绩。1995年全省烟草行业实现税利30.8亿元，比1994年增长24.2%，净增6亿元；1996年实现税利42.8亿元，比上年增长38.9%，净增12亿元，增幅居全国各省市区第一。

一

1995年以来，全省烟草行业6万干部职工，制订“三年恢复，六年振兴”的阶段性发展目标，狠抓各项工作措施的落实，使河南“两烟”顺利度过了“恢复”发展的关键时期，开始步入了良性循环轨道。

烟叶生产实现了恢复发展。1996年，全省落实烟叶种植面积195万亩，在遭受严重自然灾害和病虫害的情况下，仍收购烤烟340万担，分别比上年增长了30%和21.4%。同时，烟叶“三化”生产和质量有了较大提高，上等烤烟所占比例不断提高，占总产量的40%，高出全国平均水平7个百分点。等级合格率由1995年的73.3%上升为1996年的81%。烟叶质量得到改善，信誉有所提高。

卷烟产销平衡，产品结构不断优化。1996年，全省生产卷烟297

万箱，产销率为100%。卷烟生产在总量控制的前提下，产品结构进一步优化。1996年，生产一、二类卷烟37万箱，占总量的12.5%，分别比上年增加29.8万箱，增长了10.1个百分点；档次较低的五类烟生产则由上年的81.1万箱下降到43.4万箱，由占总产量的28.2%下降到14.6%，下降了13.6个百分点。

创名牌取得显著成效。近两年来，全省先后推出了河南“十大名烟”（金芒果、高档黄金叶、帝豪、豫烟王、豫烟、皇烟、发时达、散花、许昌、红旗渠）和“八大畅销牌号”（喜梅、彩蝶、春雷、群英会、中原、丝绸之路、洛阳牡丹、洛烟），极大地提高了河南卷烟的知名度，树立了河南卷烟品牌的新形象。

销售基地建设初步形成网络体系，专卖管理不断加强。河南省烟草行业坚持“站稳省内市场，抢占省外和国际市场”的指导思想，努力扩大市场占有率，以此带动“两烟”生产经营的持续发展。现在省内已建1800个销售网点，一个遍布全省城乡“以我为主，由我调控”的卷烟销售网络体系已初步形成；省外也建立119个销售基地。销售网络的建立和形成，进一步促进了卷烟销售。1996年，“两烟”出口也取得了较好成绩，实际创汇1819万美元，超额完成了省政府下达的创汇指标。同时，依据《烟草专卖法》，突出缉私打假，净化卷烟市场，整顿经营秩序，保障销售经营，有力地保证了河南“两烟”的健康发展。

全行业形成了一种团结进取、奋发向上的“豫烟风尚”。全省烟草行业坚持“敬业、守法、重质、求效、廉洁、负责”的职业道德准则；“反懒倡勤”，走近客户，贴近社会的服务形象；自出难题，自加压力，努力发挥自身优势，走出一条适合自己发展的路子，各项工作坚持标准，严格考核，在全行业创立一种提倡实干、比学赶帮、奋发进取的氛围。

二

河南省“两烟”之所以能够得到快速发展，深化改革、创牌创业、埋头苦干、务实创新是其发展的基本经验。

狠抓优质烟叶生产，夯实“两烟”基础。合理调整烟叶生产布局，主攻烟叶质量，是河南省实现“两烟”高速发展的基础。近年来，省烟草专卖局（公司）把烟叶生产作为行业发展的基础，摆上了重要位置，加大了工作力度，确立了“恢复发展、主攻质量、突出基地、增加效益”的烟叶生产指导思想和“满足需求，实现恢复性增长”的发展目标。他们主要抓了四项工作：一是统一规划，调整布局，大力发展适度规模种植。在巩固发展豫中老烟区的基础上，积极发展豫西、豫南优质烟区，适当发展豫东烟区，限制零星分散种植区，促使烟叶生产向大县、大乡、大村集中。据统计，1996 年全省 30 亩以上的连片烟田面积 115. 8 万亩，占总种植面积的 59. 4% 。二是大抓优质烟叶基地建设。1996 年，他们把中美合作基地、省市局（公司）直办优质烟基地、省内烟厂基地、省外烟厂办基地和烟叶出口备货基地等五种类型的基地建设作为全省“两烟”发展的一项战略措施来抓，实行政策倾斜，获得了较大进展。全省 8 个市、地的 36 个县落实计划面积 118. 5 万亩，占全省总种植面积的 60. 8% ，比 1995 年增加近 80 万亩。其中在平顶山市建立的中美合作基地已取得重要成效，首次生产出符合国际标准的优质烤烟 550 吨，消化吸收了国际 7 项烤烟生产先进适用技术。三是加大投入。1996 年，全省烟区产前投入近 2 亿元，新打机井和旧井修复配套 1. 1 万眼，新增旱涝保收烟田 30 万亩，平原烟区灌溉面积占 70% ，新改建炕房 17. 3 万座，极大地调动了烟农种烟的积极性。四是推进产学研一体化。他们组织河南农大、郑州烟草研究院、河南省农科院许昌烟草研究所等省内大专院校科研单位到卢氏、郏县、宝丰、方城等省直办基地实行对口技术承包，使烟叶生产整体水平明显提高。通过采取这些生产措施，为河南省卷烟工业调整结构、争创名牌提供了稳定、优质的原料，夯实了发展卷烟工业的基础。

以市场为导向，以科技为动力，以增效为目的，优化企业组织和产品结构，实施名牌战略。随着人们生活水平的逐步提高，市场对“高科技含量、高质量、高附加值、价格适中”的名优卷烟需求量大增。为应对这一需求，近年来省烟草局（公司）按照“扶优、扶强、限劣”和“增畅、限平、压滞”的原则，科学优化产品结构，突出抓好省内的骨干烟厂特别是“龙头”企业，抓好重点牌号，使产量计划向效益好、质量优、市场占有率高的企业和产品倾斜。一是加快实施“1086 名畅高产品”计划，即有计划地推出河南 10 大名烟、8 大畅销牌号、6 大高科技产品，使产品牌号向“名、畅、高”的方向发展。通过大力推进卷烟生产领域的技术进步，提高了卷烟产品的科技含量、附加值和市场占有率；实行质量一票否决，强化质量管理，完善质量保证体系，促进名优卷烟升级换代，上批量、上规模，使名牌产品真正成为开拓市场的“矛”，坚守市场的“盾”。他们先后创出了“金芒果”“发时达”、高档“黄金叶”“帝豪”等名优产品，占领了省内市场，同时还实现了批量出口。其中，“金装芒果”出口价每箱（万支装）达 300 美元以上；“发时达”已打入美国市场，1996 年单牌号出口美国 2520 箱，不仅结束了河南无高档烟出口的历史，而且结束了中国无卷烟直接向美国出口的历史，初步打响了“豫烟”的牌子。另外，一批质量好、价格适中的卷烟牌号，如“豫烟”“散花”“许昌”“红旗渠”等也形成了一定批量。二是优化产品结构。面对市场需求，采取针对措施，使产品牌号由“多、乱、杂”向“少、畅、精”转换，即大力发展一、二类卷烟和低焦油烟，稳定三、四类卷烟，限制以至逐步取消五类卷烟。三是扶优限劣，加快企业组织结构调整，追求规模效益。根据国家产业政策，结合烟草行业实际，采取了扶优扶强和关停并转亏损严重、无发展前途的小企业的措施，并狠抓了新郑卷烟厂、郑州卷烟厂这两个龙头企业，取得了较好成效。1996 年两个企业共实现销售收入 33.36 亿元，税利 18.4 亿元，分别比上年增加 7.74 亿元和 5.7 亿元，增长 30.2% 和 40.9%。

以“三基”建设为重点，以专卖管理为保障，全面加强市场建设。省烟草局（公司）把“三基”（即基层一县公司、基础一批发部、基点一零售客户）和卷烟批发网点建设作为“二次创业”的突破口，大力实施“站稳省内市场、抢占省外和国际市场”的战略，全方位强化市场软硬件建设，不断扩大市场占有率，带动“两烟”生产经营的持续发展。一是强化专卖管理，突出“三基”建设，管好、销好、培育好省内市场。他们根据《烟草专卖法》，把治内和治外结合起来，一方面制定《关于加强行业内部专卖管理的若干规定》《关于加强卷烟批发网点建设管理的规定》等规章制度，强化对执法人员的约束机制，不断增强各级干部和零售客户的专卖意识；另一方面，坚定不移地打假缉私，大力整顿卷烟市场，保证垄断经营。对市地、县（市、区）烟草公司，特别是县（市、区）公司，切实做好专销结合和规范管理工作，努力向区内、县内市场要销量、要效益。对基础批发部在注重硬件建设的同时，认真搞好以“反懒倡勤”为主的软件建设，并作为创建文明行业的突破口和“形象工程”来抓。在郑、开、洛三个中心城市及经济发展较快的市地级城市，还着手规划进行卷烟专卖连锁经营和扩大直供点销售的改革；在广大农村地区，普遍推行“双送制”，变坐商为行商，批发网点向持证零售客户送货率达 80%，提高了服务质量。对持证零售客户加强监督管理，注重用制度规范经营行为。1996 年，全省自设批发网点累计销售卷烟 201 万箱，占省内总销量的 85%，较 1994 年增长了 35 个百分点。二是以龙头企业为主体，积极抢占省外市场。坚持以整体恢复河南烟草形象为重点，以一两个名牌卷烟为突破口，大力加强省外销售基地建设，并改进营销策略，积极推进省外卷烟销售总经销制和总代理制。新郑卷烟厂、郑州卷烟厂在省外推行总经销和定点销售都取得了很大成绩。1996 年，新郑卷烟厂省外销量达 16.8 万箱，郑州卷烟厂省外销售达 11.3 万箱。三是积极开拓国际市场。通过大力发展优质烟叶基地，积极开发并扶持适合国际口味的名优品牌生产，努力实现烤烟、卷烟出口由量向质的转换，靠信得过的名优产品去抢占国际市场。以“金装芒果”“发时达”为代表的高档名优卷烟，冲出国门，走向世界，使全省“两烟”的出口市场除香港地区外，又开拓到了南美、非洲等地区以及美国、缅甸等国家。1996 年，全省出口优质烤烟 1.03 万吨，占全国出口量的 17.1%，卷烟出口 4.78 万箱。

全面加强宏观调控，促进行业整体效益快速增长。近年来，省烟草局（公司）制定并实施了行业宏观调控政策。一是强化单箱效益观念，突出抓好“双限”（限牌限价）工作。对卷烟工业企业，要按基准调拨价销售产品，未经省烟草公司批准，不得浮动。凡成熟的产品，在销售过程中禁用样品烟，滞销的产品不允许靠配送样品烟加剧不正当的竞争；凡试销的新产品，使用的样品烟应在规定的幅度内。省烟草局（公司）还加大了“限牌限亏”的力度，努力追求品牌的规模效益，对全省 15 家烟厂生产的卷烟牌号规格进行筛选、认定。目前，将卷烟牌号从 1994 年的 213 个压缩到 97 个。对商业企业，主要是要求县（市、区）级烟草公司保障供给，不得低于限定的最低批发价销售；对配送的样品烟，要用在引导消费、开拓市场上，不允许搞账外账，防止国家财源流失。二是建立烟叶调控基地，改革烟叶调销办法。为保证省内重点烟厂和名优产品的优质原料，从过去靠计划供应的办法改为靠自己的烟叶基地来保证；对省外烟叶的调拨实行由省公司统一监督结算的管理办法。三是进一步加强卷烟流通领域的宏观调控。对省产一类卷烟的省内销售，实行有相应条件的省公司总经销。对省外卷烟的订货也纳入宏观调控。四是进一步优化行业资源配置。对闲置的先进烟机设备和发展“两烟”的资金、原辅材料、农用物资等资源，按照“提高行业经济运行质量和效益”的原则，实行优化配置。通过实施宏观调控，较好地解决了过去行业存在的散、乱问题，合理调节了“两烟”生产经营秩序，促进了综合经济效益的大幅度提高。全省卷烟生产经营规模在没有扩大的情况下，1996 年仅卷烟经营获得直接效益 8.6 亿元，较上年增加 5.1 亿元，增长 145.7%。

改进机关作风，加强精神文明建设。近年来，省烟草局（公司）坚持“两手抓，两手都要硬”的方针，在抓好物质文明建设的同时，狠抓精神文明建设。一是整顿机关作风，加强机关服务意识，提高办事效率，以“全神贯注，忙中有序；办事有据，待人有礼；闲时求知，自守纪律；表里如一，顾全大局”为准则，建立健全了干部职工考评、奖惩制度。二是以开展“反懒倡勤”活动为载体，提倡艰苦奋斗、集体主义、严守纪律和无私奉献的精神，提倡健康向上的道德观念，激励职工奋发向上，不断进取，树立为国家创效益，为烟农增收入，为企业求发展的思想。三是加强党风廉政建设，增强“勤政、廉政、公正”意识，领导干部带头廉洁自律，加强班子的监督管理，造就一支高素质的干部队伍。通过这些行之有效的办法和措施，使全省烟草行业的思想建设和文明创建工作取得了很大成效。

三

从河南省“两烟”发展的成功实践中我们可以得到以下启示：

烟草行业是一个富县富民的产业，应积极发展。“两烟”是河南省传统优势产业，经过多年特别是近几年的培育发展，现已成为全省社会经济的支柱产业，是全省财政收入的重要来源之一，是农民增收的重要渠道。以 1995、1996 年两年为例，全省烟农烤烟总收入 23.4 亿元，年均收入 11.7 亿元，在烟叶生产主产区，种烟收入已占农民家庭经济收入的 60% 以上。烤烟提高县级财政收入达 4.8 亿元，年均 2.4 亿元，在烟叶主产县就占财政收入的 40% 多。可见，发展“两烟”生产对全省社会经济至关重要。它能够带动相关产业的发展，有助于加快县级财源建设步伐，是农民脱贫致富奔小康的重要门路。河南省是全国优质烤烟最适宜的地区之一，卷烟也有较雄厚的工业基础，发展的潜力和优势很大，全省上下特别是烟叶主产区的各级党委、政府一定要提高认识，坚定信心，抓住机遇，加快全省“两烟”发展。

加快发展烟草产业必须缩小和先进省的差距。烟草行业作为全省的传统优势产业，近两年来，由于全行业广大干部职工的共同努力，各级党委政府的大力支持，对全省国民经济发展的贡献越来越大，“两烟”完成税利 73.6 亿元，占全部国有企业实现税利的 25%，实现税收占全省整个税收的29.6%，而且还蕴藏着巨大的发展潜力。但是，与烟草业发达的云南、湖南、山东等相比，河南省无论在烟叶质量、卷烟水平还是在主要指标上，都存在着很大差距。因此，我们必须认清形势，增强紧迫感和责任感，针对目前烟草行业存在的市场不够稳固、资源不够充足、资金相当紧张、管理仍较粗放等突出问题，全省上下都要提高认识，同心同德，加快振兴烟草业步伐，进而带动全省社会经济的快速发展。

实施两个转变是国有烟草企业再创辉煌的根本出路。80年代末90年代初期，河南省烟草行业之所以跌入低谷最根本的原因是旧体制束缚，企业制度创新慢，市场观念淡薄，产品档次低，管理粗放，不适应经济高速发展的新形势。1995年以来，全省烟草行业在国家产业政策指导下，解放思想，转变观念，内抓管理，外拓市场，大力实施“名牌战略”，企业焕发出了从未有过的生机与活力，在全国烟草行业经济效益增幅下降的情况下，河南省烟草行业经济效益却大幅度上升，1995、1996两年实现税利的增幅分别高出全国同行业12、22个百分点。烟草行业的实践说明，解决国有企业经营困难等问题的根本出路，在于切实把企业经营的着力点放到“两个根本性转变”上，推进改革，加强管理。

千方百计开拓市场是企业发展的必由之路。这几年，烟草行业紧紧围绕市场做文章，把当前专卖体制的固有优势，进一步发展成为市场经济的新优势，使行业的活力倍增。为了全面控制省内市场，他们以“三基”建设为重点，消除官商习气，建立起了现代商业组织流通的新优势。为了迅速抢占省外市场和开拓国外市场，他们不断优化企业的组织机构和产品结构，突出重点，强力推进规模经营和名牌战略，创造了新的竞争优势和特色优势。为了促进省内、省外和国际市场的有机联合，他们在工农、工商和企业之间建立了以经营合同和经济利益为纽带的利益调节机制，从而推动了烟草行业的快速发展。河南省烟草行业发展的实践证明，面向市场，研究市场，努力开拓市场是企业发展的必由之路。

要有一个团结进取、务实创新的领导班子。搞好国有企业关键在于有一个好的领导班子。大量事实证明，有了好的领导班子，才能使企业改革不断深入，管理水平不断提高，企业实力不断壮大，也才能带出好的过硬的企业干部和职工队伍。河南省烟草行业之所以能够走出低谷，快速发展，一条很重要的经验，就是有一批靠“四自”精神去开拓创新的好领导班子，好班子带出一支人心思上、人心思干、人心思变、不怕困难、敢打硬仗的职工队伍。当前我们正处于体制转换、制度创新时期，要切实解决国有企业在发展中遇到的许多新情况、新问题，最重要的一点就是必须要有一个好班子、一支好队伍，要能够团结奋斗，开拓创新，真抓实干，这样才能排除万难，把国有企业搞好搞活。

（本文与姜山清、安伟、李郑钢合作，原载《中州学刊》1997 年第 5 期）

打击假烟要除恶务尽

11 月 22 日，湖北省武汉市烟草专卖局洪山分局执法人员，在当地公安干警配合下，在长江村养猪场内一举摧毁地下烟厂一个，查获卷烟专用机械 5 台，收缴假冒商标卷烟 171 件，滤嘴棒、烟丝等卷烟原辅材料一批，价值数百万元。这只是中国成千上万次烟草打假中一个小小的场面。

我国假烟年流通销量约 200 万箱，使国家财税流失近百亿元。制售假冒商标卷烟严重冲击着卷烟市场，使国内卷烟生产企业难以发展壮大，与国外企业抗衡。全国每年各级烟草专卖局牵头，组织公安、检察、工商、技术监督等部门打击制售假烟活动，出动执法人员有 200 万人次之多。为此每年投入的费用数亿元。那么，为什么制售假烟屡禁不止，原因何在?

暴利驱使不法分子铤而走险，是制售假烟的内在动因。制售假烟大都是以低等烟叶作原料，生产成本低。制造一条假冒品牌红塔山及其他同档次的名优烟成本约 7~9 元。烟贩子把假烟贩卖到中原、北京地区每条价格 35~50 元，贩假烟每条获利 15~25 元。制造一条假冒品牌玉溪、中华、芙蓉等名优烟，成本 10~13 元左右，制假烟者每条获利 70~80元。尽管假烟内在质量差，但包装乱真，价钱便宜，仍有着相当大的市场。

烟草专卖管理不严，是假烟赖以生存的基础。一些烟农擅自将烟叶卖给烟贩子，不少个体、集体甚至个别国营印刷厂私自为不法分子印制假冒商标标识和包装装潢，一些与卷烟生产配套的单位和企业擅自提供烟用材料。全国对上百家烟草机械清理整顿后仅留 5 家，一些唯利是图的人就倒卖烟机，哪里需要就到哪里推销。也有个别国有定点烟草机械生产企业的“三产”单位擅自向不法分子出售烟机，还有一些机器制造企业私自生产卷烟机械。

只打假不治罪，实际上起到了纵容的作用。在办理制售假烟案件中，有些执法部门注重收缴烟机设备，罚款放行，拘留判刑者寥寥无几，没有起到震慑犯罪分子作用。制假烟者既无人身风险又有厚利可图，唯有国家和烟草专卖企业受损失。

腐败分子参与制假，使制售假烟有了“保护伞”。一些地区不是把打击制售假烟当作政府行为，而是看成烟草企业的事情。有的干部说：“打击制售假烟的经费没地方出。”以致产生“你拿钱来就打，不拿钱来就不打”的怪现象。还有一些地方领导干部以“搞活经济”为名，默许、姑息、迁就制售假烟的犯罪行为，对案件久拖不办，罚款了事。一些乡镇、村、街道或县（市）有关部门的领导干部与制售假烟分子勾结在一起，牟取暴利。

法律、法规对制售假烟行为量刑不具体，使制售假烟分子钻了空子。《烟草专卖法》及实施条例中，都没有明确界定生产、销售多少假烟才构成犯罪的起刑点，而在《产品法》《商标法》《刑法》等其他法律条款中只明确了处以罚款。

打击制售假烟既是当务之急，如何才能取得显著效果呢？必须破除地方保护主义干扰，纠正“以罚代刑”现象。要在制售假烟重灾区把打击制售假烟列入党政干部考核范畴，实行责任制，对政府部门少数腐败分子参与制售假烟牟利，要依法追究法律责任；对一些地方领导以各种名义支持、纵容、包庇制售假烟违法行为或对案件拖着不办的，要追究当地领导的责任直至予以法办，彻底破除地方保护主义干扰。依靠党委、政府，充分发挥公安机关主力军作用，协调工商、技术监督、烟草专卖等执法部门联合办案，实现“制售假烟社会治，综合治理综合抓”，形成对制售假烟违法犯罪活动的强大社会威慑力量。

目前我国烟草行业外有压力内有隐患，制售假烟威胁着约 1 亿人口的生活，威胁着我国劳动力市场中以烟草为主要谋生手段的8000万烟农、50万烟草职工，及2000万卷烟零售商户的利益，侵害着3亿吸烟者的权益和健康。有鉴于此，打假必须常抓不懈，除恶务尽。

（本文与李郑钢合作，原载1999年12月15日《经济日报》）

瞄准市场　稳定规模　狠抓质量

——洛阳市烟叶生产稳定发展的调查

河南省洛阳市烟叶生产充满了生机与活力，人气、产销从来没有像今天这样昂扬向上和两旺。下面这一串令人感奋的数字就是有力的证明。

2005 年洛阳市种烟 26 万亩，收购烟叶 62.9 万担，调拨销售 62.9 万担，生产收购总量位居全省第一、全国第 17 位。

2006 年洛阳市种烟 27.6 万亩，收购烟叶 65.8 万担，调拨销售 65.8 万担，生产收购总量位居全省第一、全国第十六位。

2007 年，洛阳市种烟 24 万亩，在遭受严重自然灾害的情况下，仍然收购 51.5 万担，调拨销售 51.5 万担，生产收购总量位居全省第一、全国第十七位。

3 年来，洛阳市烟叶生产实现了稳定持续发展，先后被评为全省、全国烟叶生产收购单位，受到地方政府的通令嘉奖，省、国家烟草专卖局（公司）推广了他们的经验。

全国卷烟工业名优卷烟品牌扩张，对烟叶质量和等级结构提出了新的要求。洛阳市与时俱进，以市场为导向，根据卷烟工业需求，盯住国际优质烟叶标准，实行烟叶生产收购合同制，稳定种植规模；以人为本，建好“三支队伍”（生产管理、科技、烟农），创新生产组织模式，为稳定发展烟叶生产奠定了组织基础；实行科教兴烟，工商研紧密结合，推广科研成果，普及先进适用集成技术，大大提高了全市烟叶生产整体水平，烟叶外观质量和内在品质提高，烟叶内各种化学成分比例协调，等级结构合理，供求平衡。每年烟叶收购结束后，就调销完毕，不少工业企业还积极要求联建优质烟叶生产基地。

3 年来，洛阳市烟叶生产稳定持续发展，提高了经济效益和社会效益，使烟农增收，地方财政增税，企业增效，为卷烟工业提供了优质烟叶原料。省内外卷烟工业企业反映，烟叶供应的数量质量和等级结构符合要求，而且货源稳定，到货及时；地方官员感到，烟叶生产稳定，收购秩序良好，促进了烟区农村社会稳定和谐；烟草公司认为，烟叶种植面积稳定，质量提高，经营利润逐年提高；广大烟农说，烟草公司服务体系完善，生产物资配送到地头，先进适用集成技术推广到田间烤房，降低了劳动强度，种烟收益明显提高。

地方党委政府重视　建立领导管理体系

洛阳市属于亚热带与北暖温带的过渡地带，雨量适中，光照时间长，昼夜温差大，具有丘陵山区立体小气候的特点。这种得天独厚的自然条件适宜烟叶生长。1985 年 4 月，世界著名烟草专家美国琼斯教授考察后说；“这里的地形、土壤、温度、气候等自然条件与美国盛产优质烟叶的北卡罗来纳州相似，适宜优质烟叶生长。”

洛阳市是全国浓香型烤烟生产区之一。所产“崤山牌”烤烟，颜色桔黄，叶片组织疏松，厚薄适中，内在化学成分比例协调，香气量足，吃味醇和，配伍性好，具有河南浓香型优质烟叶独特风格，深受卷烟工业欢迎，20 世纪 80 年代就以质优量大享誉全国。

洛阳市常年种烟面积 26 万亩上下，收购烟叶 60 万担左右，担负着全国 10 多家卷烟工业的原料供应。烟叶生产是全市农业经济的支柱产业，烟区地方财政收入的主要来源，烟农家庭经济收入的“摇钱树”。

洛阳市很重视烟叶生产。全市成立烟叶生产指挥部，主管农村工作的市委副书记任指挥长，主抓农业工作的常务副市长任副指挥长，农业、烟草、财政等 6 个有关单位主要领导为成员，下设办公室组织协调；各产烟县、乡政府都成立相应组织机构，选配专干主抓，村由副主任主管，全市上下形成强有力的组织领导体系。在烟叶生产中，市领导定时听取汇报，农业生产会必讲，经常深入烟区调研，及时研究解决遇到的困难和问题。并组织负责农业生产的市县领导巡回检查，召开现场会，抓典型，树样板，从而提高了烟叶生产水平。

洛阳市对烟叶生产实行目标管理责任制。他们把烟叶生产五项指标纳入干部责任目标管理，作为政绩考核一项内容。多年来，尽管领导干部换了一茬又一茬，但历届党政领导班子都下力气抓好烟叶生产，一任接着一任干，上任干给下任看。干部推动了烟叶生产，烟叶生产又锻炼培育了干部，不少干部因抓烟叶生产有功被提拔重用。据统计，全市有82 名干部被提拔充实到县（市）、科局、乡镇领导班子，副职提正职的有 38 人，还选拔 460 名干部到村担任党支部书记、村委会主任。

制定扶持奖励政策　增强自我发展能力

烟叶生产是一个综合工程，需要社会有关部门鼎力相助才能搞好。烟叶又是一种很脆弱的农作物，既怕旱，又怕涝，经常遭受自然灾害侵袭，受到市场供求波动的影响。农民种烟既要遭受自然风险，又要承担市场压力。这就需要建立保护体系，特别是地方党委、政府的保护和扶持。

3 年来，洛阳市紧密结合烟叶生产实际，制定了一系列扶持奖励政策措施。随着烟叶生产发展，他们不断修订、充实、完善，现行的扶持奖励政策措施有这样几个方面。

一是全市各产烟县（市）每年从烟叶税总额中提取 15% 作为烟叶生产发展基金，不列入财政基数；县（市）对乡镇实行烟叶税基数包干，超收部分全额返还，同时再按基数内 1% 、超基数 3% 进行奖励；乡镇从返还烟叶税总额中提取 5% 奖励村干部。二是县设立烟叶生产目标任务完成奖。凡完成计划种植面积、上中等烟比例、税收任务的乡镇，每亩烟奖励 1 元，万亩以上的乡镇再奖 5000 元。三是县设立烟叶生产环节评比奖。凡在县里组织的各烟叶生产环节检查评比中，被评为前 3 名的乡镇，分别奖现金 1000 元、600 元、500 元。四是市设立争创先进奖。凡年度被评为市、省、全国烟叶生产收购先进单位的县，分别奖现金2000元、3000元、5000元。五是建立烟叶生产风险保障基金。市每年筹措资金350万元，逐年累计使用，对遭受自然灾害、病虫害造成经济损失的烟田，每亩最高补贴500元。

洛阳市舍得烟叶生产投入，稳定发展后劲。对连片100亩以上烟田，免费机耕起垄；对烟叶病虫害统防统治，免费供应农药；对统一规划建设的育苗大棚，每个按总造价80%补贴，基质款补贴70%，免费供应良种；新建1座密集烤房、小改密集烤房分别补贴1500元、1200元；建小水窖、小水池每立方米补贴80元；打1眼电井按工程总额80%补贴；新修干支渠每米分别补贴110元、70元；建管网每米补贴28元。

扶持政策和奖励措施的落实到位，不仅调动了全市干部管好烟叶生产的积极性，也使烟农种烟投入减少，降低了生产成本。他们深有感慨地说，政府发展烟叶生产舍得下本钱，烟农种烟舍得下功夫，本钱加功夫，烟叶变成摇钱树。

优化种植布局　稳定生产规模

稳定规模，是烟叶生产持续发展的关键。要解决这个问题，必须对烟区进行调整优化，把基本烟田安排在自然生态环境和社会经济条件良好的地区。

洛阳市把烟叶生产纳入全市大农业通盘部署，遵循农业经济自然规律，对产烟县（市）分类排队，调整优化。根据“抓好5万亩以上县，扶持3000亩以上乡镇和800亩以上村”的思路，实行“四优化”：即全市优化种烟县，县优化种烟乡镇，乡镇优化种烟村，村优化地块；从而把产烟5万担以上的洛宁、宜阳等5县做强，对产烟2万担以上的3个县提升发展；压缩掉种烟面积小、社会经济条件较差的9乡镇113村；大力发展3000亩以上46个乡镇、800亩以上560个村。

洛阳市通过调整烟叶种植区域，优化生产布局，在8县79乡镇893村规划基本烟田60万亩，以村为单位登记建档，统一编号，插标定界，进行 GPS 定位。他们建立基本烟田保护制度，制定《关于基本烟田保护实施意见》，明确规定，把基本烟田列入全市农田保护范畴，不准随意改变种植用途，一律不得安排与种烟用地有矛盾的其他农作物，不得在基本烟田保护区内进行非烟生产项目，禁办对烟叶生产环境有影响的污染企业，禁种与烟叶相克的茄科、葫芦科作物，禁用明令禁止的农药，避免污染烟田生态环境，保护烟田卫生。并建立以烟为主的种植制度，2 年轮作倒茬一次。在轮作周期内，只准种植指定的粮油作物，统一安排各类农作物种植顺序，选定生长期短的前茬作物，为烟叶生产留出时间进行前期田间管理。

推行烟叶产购合同制，稳定生产规模。烟叶生产收购合同制是稳定烟叶种植面积的有效手段。每年夏天，洛阳市在引导秋作物种植的同时，就把全市 26 万亩烟叶种植面积、60 万担收购计划分解到 8 个产烟县。各县根据市里下达的烟叶生产收购计划指标，逐级分解落实到乡镇、村组、种烟主体。县烟草分公司与种烟主体签订产购合同，合同约定种植面积、单产、交售数量；合同签订后，以村为单位登记，张榜公布，接受社会监督；建立合同管理台账，进行考核验收，村技术员与村干部对种烟主体签订合同面积进行田间核实，亩数属实无误后方可确认，把好合同初审关；烟叶移栽后，县公司对照种烟主体合同认真进行检查；在烟叶收购中，县公司按照合同数量进行收购，从而维护了合同的严肃性。3 年来，全市烟叶产购合同的落实到位，有效稳定了烟叶生产。

加强基础设施建设　为烟叶生产提供物质保障

洛阳市烟区地处崤山、熊耳山丘陵地带，地形地貌复杂，“六山三陵一分川”，海拔高程 150 米至 1000 米，山地、丘陵塬、平川分别占全市总面积的 58.4%、32.3%、9.3%。岗冲交错的地貌难以与水利工程配套，形成“工程型干旱”。据气象部门资料记载，全市年均降雨量 600 至 800 毫米，但降雨与农作物生长需水时空分布不协调，年际间及区域间差别较大，干旱频率较高，始终制约着全市烟叶生产稳定发展。

搞好烟水配套项目工程规划布局是烟叶基础设施建设的关键。洛阳市遵照“围绕基本烟田作规划，依托水资源定项目，因地制宜选类型”的原则，紧密结合本市烟区地形地貌实际，对全市烟区烟水配套项目工程认真进行规划布局；在西南部熊耳山 5 县 29 乡镇的山区、浅山区基本烟田，建造集雨型和蓄水型小水窖、小水池；在西北部崤山 4 县 31 乡镇的丘陵塬基本烟田重点兴建水源型的小塘坝、小水井、两级提灌站、蓄水塔，与干支渠、地下管网配套；在南部伊河、洛河灌区基本烟田，建一级提灌站、自流倒虹吸、蓄水塘、蓄水井，通过地埋引水管、地面引水渠，借地势落差自流灌溉烟田。通过这些能适应不同地形地貌特点的烟水配套项目工程，大量储蓄天上水，广泛利用地表水，合理开采地下水，使“三水”形成良性循环。

3 年来，洛阳市烟区累计投入资金 1.36 亿元，按照国家农田水利工程建设技术标准，已建成小水窖、小水池、小塘坝、机井、提灌站等水利设施 19160 个，新建、改建密集烤房和气流下排式烤房 67580 多座；把全市 8 县 84 乡镇烟叶生产收购站整合优化 79 个，配套建设了验级室、散烟库、成包房、包装物料库、职工办公室、职工食堂，技术员有宿舍，洗浴室装有太阳能热水器。

目前，洛阳市烟区已建成的烟水配套项目工程投入使用运行效果显著，大大改善了烟叶生产条件，提高了抵御自然灾害能力，还有效解决了烟区部分丘陵山区人畜吃水、饮水问题；提升了烟叶烘烤质量和烘烤专业化水平；提高了烟叶收购质量，改善了烟站职工工作生活条件，增强了工作积极性、主动性。

建好“两支队伍”　为稳定发展提供组织保障

3 年来，洛阳市积极抓好“两支队伍”建设，为稳定发展烟叶生产提供组织保障。

一是抓好烟叶生产领导管理干部队伍建设。洛阳市在市、县

（市）、乡镇烟叶生产收购站三级烟叶生产领导管理干部队伍建设上，在“选、引、育”三个字上狠下功夫。选，就是引入竞争机制，遵照“公开、公平、公正、择优”的原则，通过个人报名、民主推荐、理论考试、演讲答辩、组织考核、党组决定、任前公示程序，从 92 名有竞争资格中竞选出 48 名县（市）分公司经理、副经理、烟叶生产科长、烟站站长，在市、县（市）、乡镇政府部门共选配烟办正副主任 88 名，烟叶专干 164 人。引，市、县（市）遵照“烟叶生产需要，专业对口，逢进必考”的原则，引进接收 160 多名研究生、本科生，充实到基层烟叶生产岗位锻炼成长。育，全市分批分期选送 186 名烟叶生产骨干到河南农大、中国烟草职工进修学院学习深造，同大专院校联办大中专函授班，提高组织管理能力和科技水平。

二是抓好烟叶生产技术队伍建设。洛阳市多渠道选配烟叶生产技术员，重点解决县（市）以下烟叶生产技术人员偏少、文化、专业素质偏低的问题。在全市烟草系统中，选出 260 多名烟叶生产技术骨干到基层工作；通过村组推荐、烟农评议、笔试面试、烟站考察程序，从“热爱烟草事业，有文化，能吃苦，懂技术，有一定组织管理能力”的种烟专业户、家庭农场中，公开招聘农民技术员 1400 多人，配备到乡镇、村烟叶生产岗位工作。这些措施落实到位，全市已形成专职烟叶技术员队伍 2630 人，其中，高级农艺师 2 人，农艺师、助理农艺师 59 人，技术员 320 人。同时，对技术员的技术级别年度考评，实行级别工资制。对农民技术员打破身份界限，拓宽晋升渠道，通过考评，把优秀的农民技术员选拔到管理岗位和专业技术岗位，有 42 名农民技术员被聘为乡镇烟站正、副站长，有 8 名农民技术员分别担任县（市）、乡镇烟办副主任、专干。

推广先进适用技术　增强稳定发展科技支撑力

推广普及先进适用技术，是稳定发展烟叶生产的重要环节。3 年来，洛阳市在有关烟草专家配合指导下，积极探索实验，先后推广普及优良品种、漂浮育苗、病虫害综合防治、土壤改良、三段式烘烤等先进适用技术，形成具有本地特色的技术体系，有效提高了全市稳定发展烟叶生产的科技支撑力。

建立健全科技推广网络。洛阳市局（公司）建烟草科研所，县（市）局（分公司）设烟叶生产技术科，乡镇成立烟叶生产技术指导站，村有技术指导组，每500亩选配1名农民技术员，30至50座烤房设置1名烘烤技术辅导员，全市烟区上下形成科技推广网络体系。他们实行科技推广服务承包责任制，市局（公司）领导成员划线包县，县局（分公司）领导划片包乡镇，乡镇烟站包村组；技术服务到田棚，烘烤指导到烤房，技术培训到户，验收把关到村。并对技术服务定期进行考核，考核结果与工资奖金挂钩，从而调动了干部和科技人员工作积极性。

大力开展科技培训，认真解决技术棚架。全市开展“四级”技术培训，市局（公司）培训县技术专干，县（市）局（分公司）培训乡镇技术干部，乡镇培训村农民技术员，村培训烟农。通过远程教育、举办学习班、请烟草专家教授讲课、选送职工和技术骨干到大专院校学习等形式，提高职工和技术人员的组织管理能力及科技水平。与此同时，编印《烟叶生产技术手册》、技术明白纸，发至种烟村组户；充分利用广播、电视、报刊等新闻媒体，举办科普讲座、播放烟叶生产科教片、召开现场观摩会等，大力开展科技推广普及活动，使中外烟叶生产先进适用技术进入千家万户。3年来，全市累计培训技术骨干2600多人次，受训烟农16万多人次，先后有1200多名烟农获得烟叶生产技术证书，其中技师50多人，助理技师300多人，技术员700多人。

创新生产组织模式　提高服务质量水平

在洛阳市烟区，多年来都是千家万户种烟。这种传统的烟叶生产组织方式，存在着种植零星分散、效率低下的普遍问题，已不适应烟叶生产发展的需要。

怎样稳定发展烟叶生产？洛阳市组织人员深入烟区调研发现，近年来，广大烟农要求提高烟叶质量，增加种烟收入的愿望越来越强烈，普遍感到单门独户种烟势力单薄，就自发探索新的生产门路；有的自己租地种烟，自我管理，自我发展；有的多户烟农兑地，以劳动力、技术入股，集中生产经营；还有的成立民间合作生产组织，把多户烟农组织起来，联合生产经营。农民群众自发建立的这些民间烟叶生产组织，尽管形式多样，但按其相互合作的紧密程度，归纳起来有种烟大户、家庭农场、烟农互助组等类型。

广大农民群众的创举，使洛阳市烟叶生产决策者深受启发，思路大开，认为这些民间烟叶生产组织形式，不仅把分散种烟的农户组织起来，专业化种植，规模化经营，改变了千家万户都种烟的传统小农经济生产方式，较好地解决了烟农、烟草公司、政府三者之间的诸多矛盾，是烟区农村新生产力的代表。他们及时肯定了这些烟叶生产组织，并认真总结提高，广泛宣传推广。与此同时，制定扶持政策、奖励措施，使其不断发展壮大。目前，全市有种烟大户 2260 多个，家庭农场 280 多个，烟农互助组 1840 个，县（市）、乡镇、村级烟农协会 1137 个。

搞好烟叶生产社会化服务，提高服务质量水平。洛阳市对烟农实行产前、产中、产后一条龙技术服务。村设立技术咨询中心，有技术员坐堂解答技术难题；实行“110”承诺服务，烟叶生产中遇到问题，员必须在 12 小时内赶到现场解决；技术员公开手机号码，烟农田就可解决技术难题；每隔两年对农户烟田进行一次土壤抽样出配方施肥通知单，使烟农按技术要求进行生产；建立烟叶生应体系，由市局（公司）统一购货，乡镇烟站以“套餐”的配送到田间地头；充分利用现代信息技术，搭建烟叶生产技术平台，实现烟农与技术员之间免费沟通，进行技术交流，从而务效率和服务质量水平。

（2008 年

改善烟田基础设施　夯实烟叶生产基础

——对河南省烟叶生产基础设施建设的调查

有近百年烤烟生产历史的河南省是全国优质烤烟主产省之一，常年种植面积 120 万亩左右，收购烤烟 330 万担上下，既担负着全国 18 个中烟工业公司 27 家卷烟厂的烤烟原料供应，又是烟区地方财政收入和 20 多万种烟农户家庭经济收入的主要来源。

目前，河南省有 12 个市 58 个县（市、区）种植烤烟。全省有基本烟田 240 万亩，大多分布在老、山、穷地区。在 58 个种烟县（市、区）中，就有 31 个是革命老区和国家级、省级开发扶贫重点县。占全省烤烟种植总面积 70% 多的豫西、豫西南丘陵山区，工程型干旱和资源型缺水问题大，且降雨与农作物需水时空分布不均，年际间及区域变化差别大，干旱频率较高，农田水利设施脆弱，涝灾也常年不断，仍然靠天种烟吃饭。这种状况影响了烟农的种烟积极性和种烟收益，制约着全省烤烟生产的持续发展。

水利是农业的命脉。当前，中央对农村水利投入主要用于骨干工程建设，打通水利“大动脉”、加快病险水库除险加固、大型灌区续建配套，而对连接田间地头的小型农田水利基础工程建设，中央、地方投入少，鞭长莫及；县级财力有限，投资大，干不起；单门独户的农民干不了，成了薄弱环节。

河南省烟草专卖局（公司）积极响应党中央、国务院关于“工业反哺农业”“以工促农”的号召，把搞好烟水、烟路、烟炕、农机配套，扶持烟区发展现代烟草农业，推进新农村建设，促进烟农增收致富，作为党赋予烟草商业义不容辞的历史责任，新时期应尽的社会义务。年开始以来，全省各烟区紧密结合本地实际，以“天人合一”

的思想，全面开展烟叶生产基础设施建设。遵照“宜引则引，宜窖则窖，益蓄则蓄”的原则，4 年来，已投入专项资金 12.3 亿元，共建成水窖 7557 个，容积 274521 立方米；水池 2130 口，容积 669524.7 立方米；机井 68885 眼；整治小塘坝 1043 座，容积 1170238 立方米；沟渠 283 条，长度 490.6 公里；提灌站 284 座；管网 720 条，长度 3815 公里；机耕路 211 条，长度 763 公里；简易桥梁 26 座；新建密集烤房 27563 座，普通式烤房改建密集型烤房 41247 座。目前，全省烟区已具备排灌能力的基本烟田 117 万亩，受益 16 万农户。今后 4 年，将追加专项资金 6.6 亿元，用于继续改善基本烟田水利设施，兴建节能高效密集型烤房、修建机耕路。今年投资 4839 万元用于烟草农机具补贴，计划 3 年内基本实现烟草机械化生产。

目前，从全省烟区已竣工的烟水工程项目运行情况看，效果良好，大大改善了烟区生产生活环境条件，抵御自然灾害的能力大大提高，还有效解决了干旱缺水的丘陵山区 59 万人、21 万牲畜用水、饮水问题。同时，提高了烟叶质量，降低了生产成本，增强了烟农收入，美化了农民家园，有力推进了社会主义新农村建设。

加强领导　制定政策

烟叶生产基础设施建设是一个综合的社会工程，涉及水利、农业、国土资源等诸多方面，单由烟草部门进行建设其职能有限，需要地方有关部门通力协作配合才能顺利进行。河南省烟草专卖局（公司）积极主动地争取省委、省政府领导，将烟叶生产基础设施建设列入全省社会主义新农村建设总体规划，并且作为发展农村社会经济、扶持革命老区脱贫、农民增收的大事来抓。

为加强烟叶生产基础设施建设领导，省局（公司）成立烟叶生产基础设施建设领导小组，下设办公室组织协调，选配专干主抓。全省 12 个市局（公司）58 个县（市、区）局（分公司）都成立了相应组织机构，201 个烟叶生产收购工作站配专干主抓，全省烟区上下形成权责清晰、分工明确、规范管理、运行高效的组织管理指挥系统。同时明确规定，市局（公司）主要负责人为重点工程项目第一责任人，县（市、区）局（分公司）主要负责人对辖区所有工程项目总负责。领导小组建立工作例会制度，定期听取市、县（市、区）分公司汇报，研究解决建设过程中遇到的困难和问题；全省烟区各级水利、农业、交通等相关部门积极配合支持，形成齐抓共管合力。

在省委、省政府领导支持下，省局（公司）制定《河南省烟叶生产基础设施建设管理办法》，《办法》明文规定，政府是烟叶生产基础设施建设主体，烟叶部门是资金投入管理主体，农民是投工主体；凡是施工需要的土地征用造成青苗损失及由此引发的农民纠纷，均由当地政府协调处理解决；每个工程项目施工前，烟草部门就与当地政府、村委会签订协议，使征地、青苗补偿和窖穴、水池、管网线口开挖等问题得到妥善解决。

制定扶持政策。河南省烟草专卖局（公司）紧密结合当地市场物价、用工实际，制定工程项目投入资金补贴标准；水窖、水池每立方米补 80 元；小塘坝、提灌站、机井，每座每眼按工程项目决算总额 80% 补贴；新修干渠、支渠Ⅰ型、Ⅱ型每立方米分别补贴 110 元、70 元、40 元；管网每米补贴 28 元；密集型烤房每座补贴 2.1 万元；机耕沙石路每公里 10.5 元；水泥路每公里 14 元。通过印发宣传单、板报、墙报和电视、广播、报刊等新闻媒体公开向社会广泛宣传，做到家喻户晓，人人明白。

因地制宜　科学分类规划

根据国家烟草专卖局关于“围绕基本烟田作规划，依托水资源定项目，因地制宜选类型”的工程项目建设要求，以县（市、区）为单元规划基本烟田。遵照“宜粮则粮，宜烟则烟”的原则，根据辖区土地利用总体规划，在全省 58 个县（市、区）466 个乡镇 4849 个行政村规划界定基本烟田 212 万亩，连片集中面积大块几千亩，小块也有几十亩。并以行政村为单位，逐块编码登记，造册建档，分片区设置标牌。通过以法定程、契约合同或村民自治形式，建立了以烟为主的种植耕作制度。

在烟叶生产基础设施建设布局规划设计中，河南省烟草专卖局（公司）坚持做到三个结合；一是与烟叶生产发展规划相结合，重点围绕解决烟叶生产干旱缺水、除渍排涝困难、交通不便等突出问题，提升工程项目的有用性和实效性；二是围绕“规模化种植、集约化经营、机械化作业”的发展现代烟草农业目标要求，统一规划烟水、烟路、烟炕、烟站建设，整体配套；三是烟田基础设施建设规划与社会主义新农村建设相结合，生产与人畜用水饮水兼顾，使设计规划更具人性化，更好地发挥烟水配套工程项目的边际效应和综合效益。

在烟田水利设施建设过程中，河南省烟草专卖局（公司）特别考虑到我国农村土地承包期长久不变的基本国情，按照经济和自然规律办事，全省各市烟区统一规划，因地制宜地选择工程项目类型。遵照“宜窖则窖、宜池则池、宜塘则塘、宜井则井”原则，在山区、浅山区、丘陵塬区基本烟田，建造集雨型和蓄水型水窖、水池、提灌站，储蓄自然降水，在育苗移栽、短期干旱时使用；在平原区，兴建水源型机井、塘坝、田间沟渠、蓄水池、蓄水塔，管网连接灌溉烟田。4 年来，全省烟区共规划布局适应不同地质地貌特征的烟水配套各类工程项目 18896 个，大容量储蓄天上水，广泛利用地表水，合理开采地下水，使天降水、地表水、地下水形成良性循环，一个从微观到宏观的立体化、系统化的烟水配套项目格局展现在全省烟区。同时规划布局机耕路 549 条，长 1490 公里，新建改建密集烤房 68810 座。

在烟水配套工程设计规划时，河南省各级烟草公司主动邀请省、市水利、农业、交通等有关部门共商工程项目勘察设计工作，并组织召开层级专家审查会议，对工程项目做出技术审查意见，使规划布局建立在科学合理的基础上。在建设中，全省烟区从 2005 年初期的小水窖、小水池、小塘坝、小沟渠为主的小工程项目开始，到 2006 年后打破乡镇村分割，实现了相对集中、重点突出、整村连片推进的跨越。

严格过程管理　确保工程质量

在烟叶生产基础设施建设中，河南省各市、县（市、区）烟草公司紧紧抓住工程项目的资金规范使用和质量管理这两个关键问题，明确提出“三个以我为主”的工程项目建设管理模式：即工程项目布局规划、质量管理和检查验收、资金投入管理以烟草公司为主，这就把“三项责任”落实到人头，确保每一分钱都用在正地方和每一个工程项目质量，为农业生产发挥长期效益。

建立严格规章制度，确保宏观管理到位。河南省烟草专卖局（公司）制定《抽查验收评价办法》《补贴资金监督审计管理办法》等一系列规范性管理文件，对工程项目质量和补贴资金使用提出严格要求，对项目检查验收评价进行规范。明确规定财务、审计、纪检监察部门在工程项目建设中的职责，通过业内局域网、地方新闻媒体公示各类工程项目立项、施工方案、招标施工单位、补贴资金，同时开设举报电话，广泛接受行业、烟农和社会监督。

资金投入是烟水配套建设的关键。遵照“以规划布局定项目，以工程项目定资金，资金跟着工程项目走，工程项目落实到烟田地块和种烟农户”的原则，根据各类工程项目做出资金预算，分级上报审批。对投资超过100万元以上的大型工程项目，由省局（公司）与省水利部门组织有关专家和工程技术人员进行现场勘查审批。对工程项目建设资金设立专户，专款专用，专款核算，报账拨款，并留一定比例工程质量保证金，运行一年后无质量问题才能支付结清；对工程项目建设资金弄虚作假、挤占、截留挪用者，涉及单位及责任人进行党纪、政纪处分，触犯刑律的移交司法机关追究刑事责任。上述措施的落实到位，确保每一分钱都用到该用的地方。省局（公司）经常派工作组分赴各市县烟区对建设资金进行严格检查。要想让农民长期得到实惠，必须严把工程项目质量关。按照国家农田水利工程建设技术标准，行业烟水配套建设质量要求，省局（公司）制定《烟水配套工程项目建设质量监督管理办法》，对各市、县（市、区）烟区统一建造规格，统一技术规范，统一质量标准，统一验收办法，使建设施工有标准，环节检查有尺度，竣工验收有依据。实行工程项目建设责任制，建立质量责任档案，列入政绩考核内容；对施工单位和建设材料实行社会公开招标，以高素质的施工企业和优质材料保证工程项目质量；聘用有资质的监理公司进行监理，严把质量关；对项目工程管理干部、技术员、施工人员进行建造技术培训，请专家讲课，提高了建设技术质量水平，尤其是村组烟农代表经过培训素质提高，成为建设质量把关的第一道防线；建立月检查、周巡查制度，发现问题苗头隐患及时整改，把质量问题消灭在萌芽状态；严格工程项目竣工验收，登记造册，编号建档，GPS 定位，实现了“建成一个，验收一个，交付一个，使用一个”，达到烟草企业、地方政府、烟农“三满意”。

明确产权　管用并举

如何管好用好建成的工程项目，提高管护水平，使其正常运行，长期发挥功能作用？河南省各市、县（市、区）烟区制定出管理措施，落实管护经费，建立管护工作责任制运行机制。

明确工程项目产权是搞好用好的关键。工程项目竣工验收合格后，各市县（市、区）（分公司）将工程项目产权进行移交，与收益乡镇、村委会和烟农签订《烟水配套工程项目交付使用说明书》，办理产权移交手续，签订使用管护协议，明确工程项目产权与主题；将水窖、水池等单户工程项目产权无偿划归给收益农户个人所有，所在乡镇水务站颁发《水权使用证》，由烟农自行使用管护；将沟渠、塘坝、提灌站、机井、管网等联户公共工程项目，涉及一个村委会的产权归村委会，由乡镇水务站颁发《水权使用证》，由村委会组织使用管护；涉及多个村委会的，按照行政辖区将产权划归所在乡镇政府，由县水利局颁发《水权使用证》，统一调度，村委会分段使用管理。《产权使用证》注明工程项目地点、容积、受益面积、总投资、管护等信息，从而使烟农、村委会、乡镇政府都明确了工程项目的权属关系和管护责任，实现了“谁受益，谁管护”的目的。

建立健全层级管护制度。根据《水法》《河南省水利工程管护条例》《密集型烤房技术标准》和国家农田保护有关条例，制定《烟叶生产基础设施建设工程项目管护办法》，明确了管护范围、标准、责任和受益村、管护人，实行“定人员、定目标、定标准、定报酬、定奖惩”的五定责任制，定期对管护情况进行检查考核，与工资挂钩。

建立工程项目管护资金保障机制。一是县（市、区）局（分公司）从烟叶生产扶持费中单列管护资金预算；二是乡镇、行政村在年初预算中安排定量管护资金；三是从烟叶税中提取一定比例资金作为管护费用；四是试行市场化运作，有偿使用，以水养水。对管护资金由专人管理，领导审批，不准挤占、挪用。

成立管护组织，建立管护队伍。县（市、区）局（分公司）由烟基办主管乡镇烟站定专人，村委会主任分管，村民小组长负责，形成四级管护组织。工程项目受益村建立管护队，实行“三管四护一查”责任制。即管人（防损坏丢失），管牲畜（防践踏），管天（防暴雨、洪水）；护岸（确保沟渠、排洪渠、水池边不垮塌），护安全（确保塘坝、管网、灌桩、提灌站等安全措施和有警示标语），护环境（监测工程项目对环境的影响），护畅通（确保沟渠、管网部於不堵）；一查，即由乡镇烟站对工程项目管护情况定期巡查，奖惩兑现，确保正常运行。

综合效益显著　惠民工程

4 年来，河南烟区已建成的 87917 个工程项目，基本满足了 117 万亩基本烟田排灌需要和烟叶烘烤配套，大大提高了农业综合生产能力，其意义已经超出了烟叶生产本身，充分体现了河南省各级烟草公司贯彻落实中央“工业反哺农业、城市支持农村”的战略方针和建设社会主义新农村重大历史任务的要求，体现了对烟农负责、对社会负责的行业形象。受益烟区的广大干部群众反映，烟叶生产基础设施建设意义重大，实为小项目大规模，小水利大产业，小投资大效益，被誉为“德政工程”“富民工程”。

增强了抵御自然灾害能力，提高烟田生产率。通过工程项目建设，大大改善了烟区生产条件，窖成群、渠畅通，管网配套，烟田连片成方。春旱时，有水保证烟叶育苗移栽；烟叶旺长遇旱时，能及时浇水，保证烟株正常生长发育；伏旱时，能浇圆顶水和成熟水，既保证烟株上部叶片正常开片，又使叶内化学成分协调；遇涝时，能及时排除积水，从而使烟叶单产提高，收购量增加，烟草企业增效，地方政府增税。2008 年，河南省种植烤烟 118. 5 万亩，亩均单产 140. 5 公斤，收购烟叶 333 万担，实现经济效益 23. 14 亿元，上缴烟叶税 4. 63 亿元，亩均收益 1949. 1 元，烟农户均收入 13205. 94 元，分别比 2003 年增加 62. 03 公斤、88. 28 万担、11. 75 亿元、2. 35 亿元、1217. 27 元和 10838. 96 元。

全面提升了烟田质量，增强了农业综合生产能力。烟叶是特殊的经济作物，与其他农作物不一样的是不能连茬种植，必须实行烟粮轮作，隔年种植。轮作期间可种植粮油作物，烟田水利基础设施既可灌溉又能排水，烟草机械也能使用，大大提高烟田的综合生产能力。目前，全省 212 万亩基本烟田，据调查统计，每亩耕地年可增产粮食 80 ~ 90 斤，一年就增产粮食 1. 62 亿 ~ 1. 91 亿斤。

优化了烟区水资源配置，改善了烟生产生活条件。工程项目的建设，拦蓄天上水，去年的水留到今年用，小水集成大水用；地表储水和地下水由提灌站、机井把水引出、提出来，通过水渠、管网流进烟田。根据烟叶生产需要时间供水，实现了备水抗旱，有效改变了靠天种烟吃饭的历史，使旱作农业由被动抗旱向主动抗旱转移，有力地克服了干旱对烟叶生产制约，是抗旱制度的一次重大改变。在时间和时空上使水资源对烟叶生产发挥更大的作用。如今，全省 117 万亩烟水配套烟田，旱能浇，涝能排，渍能除。烟农从此结束了肩挑、背驮、牛拉水搞烟叶生产历史，把烟农从繁重的体力劳动中解放出来，并降低了生产成本。

加快了农民增收和革命老区脱贫致富的步伐。烟叶生产基础设施建设不仅做成了一家一户做不成的事，而且使烟区农村生产生活条件大为改善，为发展烟叶生产奠定了物质基础，并减少了烟叶病虫害发生，减少了农药用量，改善了生态环境。烟叶单产和质量明显提高，从而使烟农种烟收入增加，有力地增强了烟叶生产“富民、富村”的产业形象，拉近了烟草公司与烟农之间的距离，稳定了烟农队伍，更使烟区的干部群众从中看到干旱缺水地区发展农村经济，摆脱贫困的希望，坚定了与干旱作斗争的信心。

促进了烟区农村社会稳定，有效地推进了新农村建设的进程。过去，烟区在干旱缺水季节，村与村、农民与农民之间常为浇地用水发生矛盾和纠纷，甚至动武械斗，争水抢水。烟水配套工程项目建设后，有效避免了农民之间因水发生的民事纠纷，密切了村民关系，促进了社会和谐。同时改善了村容村貌，进一步密切了党群、干群关系，奠定了新农村建设的物质基础，大大提高了乡风村风文明。

培养锻炼了一支高素质的专业队伍。据统计，全省各级烟草公司专门从事烟叶生产基础设施建设的人员有360多人，其中技术人员120多名。在开展烟叶生产基础设施建设中，各级烟草公司很注重队伍建设，培养出一批专业人才，涌现出一批先进典型，为烟叶生产基础设施建设打下了组织基础。

（本文与苏新宏合作，原载2009年7月9日《东方烟草报》）

稳定发展烟叶生产　助推烟区新农村建设

——河南省烟草商业系统反哺农业的调查

河南省有 12 个市 58 个县（市、区）种植烟叶。其中，就有 31 个县是革命老区和国家级、省级开发扶贫重点县。烟叶生产是产烟县财政收入和种烟农户家庭经济收入的主要来源。

2005 年至 2008 年，河南省烟草专卖局（公司）以关爱烟区、关爱烟农的实际行动，积极响应党中央、国务院“工业反哺农业”“以工促农”的号召，把扶持烟区发展现代烟草农业、帮助烟农增收致富、推进烟区新农村建设作为党赋予烟草商业和干部职工义不容辞的历史责任，新时期应尽的社会义务。4 年来，全省烟草商业时刻牢记责任和义务，紧密结合实际，充分发挥烟草商业的资金和科技优势，协助当地党委、政府因地制宜地发展烟叶生产，促进了烟农增收，地方政府增收，烟草公司增效。据统计，全省累计种烟 478. 5 万亩，收购烟叶 1157. 8 万担，烟农种烟收入达 65. 7 亿元，户均收入 6989 元，实现烟叶税 14. 5 亿元。全省烟区有 23. 5 万农户增加了种烟收入，走上富裕之路，有力地推进了社会主义新农村建设。最近，我们对洛阳、三门峡 2 市 4 县烟叶生产情况进行了调研，同时对重点产烟县进行了问卷调查。在调研期间，听取了市公司和县分公司汇报，同主管烟叶生产的党政领导进行了座谈，征求了烟农对烟叶生产的意见和要求。从总的情况看，烟叶生产目前已成为全省烟区农村社会经济的重要产业。当地党政领导干部反映，烟叶生产是地方财政收入的“金柱子”，农民家庭经济收入的“钱袋子”，还安排了一批农村剩余劳动力就业，为政府分了忧。

加强基础设施建设　夯实生产基础

全省烟区规划有基本烟田 212 万亩。20 世纪六七十年代兴建的农田水利设施，年久失修，有的带病运行，大部分塘坝垮塌，水渠、排洪渠淤塞。占全省种烟总面积 70% 的豫西、豫西南丘陵（塬）山区，工程型干旱和资源型缺水问题大，且降雨与农作物需水时空不均，年际间及区域变化差别大，干旱频率高。涝灾也常年不断，烟田水利设施脆弱，仍然靠天吃饭。这种状况，不仅影响了烟农种烟积极性和受益，也制约着全省烟叶生产的稳定发展。

水利是农业的命脉。当前，中央对农业农村水利投入主要用于骨干工程建设，打通水利“大动脉”、加快病险水库除险加固，大型灌区续建配套，而对连接田间的小型农田水利基础设施工程，中央、地方投入少，鞭长莫及，县级财力有限，投资大干不起，单门独户的农民干不了，成了薄弱环节。据此，河南省烟草公司把搞好烟水、烟炕、烟路、农机对烟田基础设施建设作为反哺农业的重要工作来抓。自 2005 年开始，全省各市烟草公司紧密结合本地实际，以“天人合一”的思想，4 年来投入专项建设资金 12.3 亿元，建设烟水配套项目（水窖、沟渠、机井、提灌站、小塘坝、管网）18896 个，烟叶烘烤设施项目 69910 个。如今，全省烟区已具备排灌能力的基本烟田 117 万亩，受益烟农 17 万多户。今后 4 年还将追加 6.6 亿元，用于继续改善烟田水利设施，兴建节能高效密集烤房，修建田间机耕路，并投资 4840 万元用于烟草农机具补贴，计划 3 年内实现机械化生产。

目前，从全省烟区已竣工的烟叶生产基础设施工程项目运行情况看，效果良好，大大改善了烟区生产生活环境条件，旱能浇，涝能排，抵御自然灾害能力提高，今年春天出现大旱时就浇灌麦田 80 多万亩，有效提升了农田综合生产能力，还有效地解决了干旱缺水的丘陵（塬）山区 59 万人、21 万牲畜用水、饮水问题。同时提高了烟叶质量，降低了生产成本，增加了烟农收入，美化了烟农家园。

创新组织管理模式　提高服务质量水平

我国烟草行业“大市场、大企业、大品牌”发展战略的实施，对烟叶生产提出了更新更高的要求。而以“小农生产、分散种植、粗放经营、人畜作业”为主要特征的传统烟叶生产方式已不适应现代烟草农业的发展。

据此，河南省烟草商业组织市、县（市、区）公司积极探索创新烟叶生产组织管理模式。针对实行家庭联产承包责任制后与烟叶生产所产生的新矛盾，在地方党委、政府的领导支持下，及时调整土地承包方式，遵照“依法、自愿、有偿”的原则，建立完善土地使用流转机制，允许土地经营权转包、租赁、互换、入股经营，促进了土地资源合理流动，烟田向大户集中，实行专业化种植，集约化经营。4 年来，全省烟区已有种烟专业户 3212 个，家庭农场 1812 家，建立烟叶生产合作社 374 个。这些烟叶生产管理组织，明显改变了多年来千家万户种烟、千家万户烤烟、千家万户卖烟的小农经济生产方式，较好地解决了农业小生产与大市场的接轨问题，成为农村新生产力的代表。

搞好烟叶生产全过程服务，提高为烟农服务质量水平。在发展现代烟草农业中，河南烟草商业各级公司与时俱进，构建“两头工场化，中间专业化”的服务组织体系，即两头有漂浮育苗工场，烟叶烘烤工场，生产中间有专业服务队。在生产中，以村为单元，烟草公司投资建漂浮育苗大棚群（工场），育苗专业户有偿承包经营，培育高茎壮苗，商品化供苗到烟田；村和种烟专业户建密集烤房群（工场）烟草公司定额补贴，烘烤专业户自主经营管理，对烟农实行鲜烟商品化烘烤。两头工场化的实施，彻底改变了千家万户都育苗、烘烤的传统生产习惯。

在烟叶生产中，实行全过程服务。产前，乡镇烟用物资供应站按生产环节把生产物资供应到田间地头，机耕专业队对烟田秋耕灭茬、冬耕起垄。产中，统一规范移栽、配方施肥、成熟采收烘烤，植保专业队统一防治病虫害。产后，分级专业队登门入户指导挑拣分级，并进行预拣。这些专业服务工作的落实到位，大大提高了生产组织管理水平，把烟农从劳动强度大、技术要求高解放出来，轻轻松松种烟。

推广普及先进适用技术　增强科技支撑力

河南省烟草商业围绕“科技兴烟”战略，把推广普及先进适用技术作为发展烟叶生产的重要举措。4 年来，他们先后引进推广中烟 100、中烟 201、云烟 202 等 12 个优良品种和漂浮育苗、成熟采收、配方施肥、病虫害综合防治、三段式烘烤等新技术及科研成果，采取多种措施落实到位。

一是建立健全科技推广网络。全省各市烟草公司建烟草研究所，县（市、区）烟草分公司设烟叶生产技术研究推广中心，乡镇有烟叶生产技术辅导站，村有烟叶生产普及小组，全省烟区上下形成协调配套的科技推广网络，并配齐人员，落实经济待遇，实行科学技术推广目标管理责任制。二是大力开展科技培训。他们开展市、县（市区）、乡镇、村四级技术培训，举办不同类型培训学习班，聘请烟草专家讲课，选送技术骨干大专院校定向脱产学习培训，不断提高干部职工和技术人员的组织管理能力和科技水平。编印《烟叶生产技术手册》、烟叶生产技术明白纸发至种烟村、组、户，充分利用电视、广播、报刊等新闻媒体开展科普讲座，同时开办农民金叶学校、现场示范、手把手向烟农传授技术。三是组织科技示范村、科技户到各种烟村巡回演讲，现身说法，多角度地开展科普提高活动。

河南省烟草商业各级公司就是通过上述科教活动，使当今中外先进适用的烟叶生产技术和科研成果进入千家万户。据统计，全省累计培训市、县（市区）、乡镇技术骨干 21.4 万人次，受训烟农 84.48 万人次，先后有 4256 名烟农获得绿色证书，其中技师 851 人，助理技师 1277 人，技术员 2128 人。

不断增加生产投入　投保自然灾害险　建立风险救助基金

为保证烟叶生产稳定发展，河南省烟草商业对烟叶生产的产前投入逐年增加。4 年来，全省累计投入资金 11.59 亿元，96.3% 用于补贴种子、肥料、农药、地膜、棚膜，3.7% 用于新技术示范与推广应用补贴。

建立烟叶风险救助体系。风险救助有两种类型。一是建立烟叶风险救助基金。洛阳、三门峡、漯河等市公司采取地方财政补 12 元、烟草公司承担 9.6 元、烟农负担 2.4 元的办法，每亩烟田保险费 24 元，滚动积累使用。对遭受自然灾害、病虫害造成经济损失的烟田进行补贴，每亩补贴 300 元。2008 年，洛阳、三门峡市公司共签保费 1140.3 万元，申请赔付 696.92 万元。二是投保烟叶自然灾害险。南阳、平顶山、许昌等 6 个市公司，每亩烟投保 24 元，对遭受自然灾害的烟田根据灾情进行理赔，每亩烟理赔 350 元。理赔小组现场勘查估损，及时赔付给受灾烟农。烟叶风险救助措施的落实到位，有效地降低了种烟风险，基本解除了烟农后顾之忧。

建立人工增雨和人工防雹体系，降低自然灾害对烟叶生产造成的危害。全省各市、县（市区）烟草公司积极主动与当地气象部门协调配合，4 年来共建人工防雹增雨点 119 处，设施防雹增雨 96 次，累计作业面积 50 多万亩，明显减轻了干旱和冰雹的灾害损失。

（原载 2009 年 8 月 10 日《河南老区建设》第 8 期）

“烟叶王国”再现雄风
——河南省襄城县恢复发展浓香型烤烟调查

河南省襄城县1913年试种烤烟成功后发展壮大，成为我国三大烤烟生产发源地之一。所产浓香型烤烟，20世纪三四十年代就以质优量大驰名中外，曾选送样品参加美国旧金山万国商品博览会评奖，美国“骆驼”牌卷烟曾用作主料烟，被誉为“东方的弗吉尼亚”。

新中国成立后，在党和政府的正确领导下，襄城县烤烟生产得以快速发展。1953年，该县烤烟总产量分别占全省、全国烤烟总产量的16%和6%，成为名符其实的河南烤烟第一县、中国烤烟第一县。

1958年8月7日，毛泽东主席亲临襄城县烟区视察时，称赞说“你们这里成了烟叶王国了”。毛主席这一称赞，是对烟农的亲切关怀，极大地鼓舞了全县广大干部群众搞好烤烟生产的积极性，成为多为国家生产优质烤烟的精神动力。为教育后人，县委、县政府建立了毛泽东主席视察襄城县烟区纪念坊，陈列毛主席视察烟区的照片和休息时用过的器物，成为革命传统和爱国主义教育基地。

50年来，襄城县历届党政领导班子都把毛主席称赞这份荣誉作为历史责任牢记在心，发奋图强，狠下力气抓好烤烟生产，不断提高整体生产水平。1964年，该县被列为国务院高级卷烟原料基地和外贸出口烟生产基地。1985年，上海卷烟厂投建中国烟草总公司上海市公司襄城县高级卷烟原料接收站。1995年，上海卷烟厂又在襄城县库庄乡建万亩优质烤烟生产基地。

党的十一届三中全会后，随着党的“三农”政策的落实到位，襄城县烤烟生产快速发展，全县种植面积突破20万亩，到20世纪90年代，常年种植面积稳定在15万亩左右，收购烤烟40万担上下，畅销世界20多个国家和地区，又担负着国内30多家卷烟厂烤烟原料供应。

进入21世纪后，襄城县烤烟生产由于种种原因，在逐年下滑之后，到2005年出现较大滑坡。种植面积下降到5万亩，比国家给该县下达的指令性种植面积12万亩减少7万亩，下降幅度是43%，从而使“烟叶王国”声威大降。

襄城县烤烟生产滑坡造成的后果是：完不成全国6个中烟工业公司12家卷烟厂的原料供应，影响了地方财政收入、烟农收益、烟草公司经济效益和社会稳定。

襄城县委、县政府积极应对，查找滑坡原因，组织措施和经济政策调控双管齐下，制定了《襄城县烤烟生产三年恢复发展实施意见》，积极发展现代烟草农业把国家下达的种植面积、收购计划分解落实到乡镇村，县“四大班子”领导实行目标管理责任制，许昌市烟草公司及时调整了县分公司领导班子，县烟草分公司加大资金投入和技术推广力度。3年多来，经过全县各级干部、烟草职工和广大烟农的顽强拼搏，奋发工作，逐年遏止了滑坡，使全县烤烟生产得以恢复发展。2008年，该县烤烟种植面积上升到11万亩，收购烤烟32万担，上缴烟叶税5285.2万元，烟农收益2.36亿元，县烟草分公司实现经济效益1.07亿元，被评为全省烟叶生产收购先进县，“烟叶王国”再现雄风。

加强组织领导　建立保障体系

近年来，襄城县烤烟种植面积11万亩左右，收购25万担上下，担负着全国6个中烟工业公司12家卷烟厂的烤烟原料供应。烤烟生产既是全县地方财政收入的重要支柱，年上缴烟叶税3000多万元，全县烟农年种烟收益1.53亿元。

国家烟草专卖局局长姜成康指出：“河南浓香型烟叶在中式卷烟中有不可替代的作用。”浓香型烤烟是卷烟工业实现卷烟品牌差异化的基础。目前，在“中华”“利群”“帝豪”等全国重点骨干卷烟品牌的配方中，河南浓香型烤烟起着重要作用。

有关烟草专家认为，襄城县浓香型烤烟香气浓郁，香气质好，香气量足，回味醇和，劲头适中，结构疏松，化学成分协调，燃烧性好，配伍性强，是浓香型特色风格烤烟的典型代表，具有不可替代性。最近，国家烟草专卖局对全国6省12市县所产浓香型烤烟样品组织专家评析，风格特征评价、感官质量评价分值总分，襄城县排名第一。

1999年以来，先后有上海烟草（集团）有限责任公司、红云红河烟草（集团）有限责任公司等在襄城县建立优质烟叶原料基地和部分替代进口烟生产基地，发展中式卷烟，应对国际市场竞争。

襄城县委、县政府对全县烤烟生产滑坡高度重视，专门组织有关局委精干人员，深入乡镇村召开干部、烟农座谈会，调查分析认为，烟叶生产滑坡的原因是多方面的：随着党中央、国务院“三农”政策的落实到位，各级政府对烤烟生产宏观调控力度减弱；烟粮比价不合理，种烟比较效益低；烟用物资价格不断上涨，生产成本加大，烤烟生产技术性强，投入大，烟农不愿种；自然灾害频繁，挫伤了烟农种烟的积极性。

怎样恢复发展浓香型烤烟生产这一传统优势？地方党委、政府领导重视是关键。襄城县委、县政府从农业、财政、烟草等8个局委抽调12名精兵强将，成立襄城县烟叶产业领导小组，由县长任组长，县委常委组织部长和分管农业副县长为副组长，对全县烤烟生产统一领导指挥，决策调度，下设办公室组织协调、督察、监管及考核工作。15个种烟乡镇都成立相应组织机构，选配专干主抓，村明确村委会主任主管，全县上下形成强有力的领导指挥体系。

襄城县烟草产业领导小组定期召开联席办公会，及时听取汇报，制定发展烤烟生产政策措施，认真研究解决生产中遇到的困难和问题。为发展烤烟生产集约化经营，他们及时调优烤烟种植布局，实现三个转移：即向最适宜种烟乡镇转移，向种烟大村转移，向种烟大户转移，且力避烟粮争地矛盾。为稳定烤烟计划种植面积和收购量，他们实行产购合同制。每年秋，在落实冬小麦、油菜种植面积的同时，就把全县11

万亩指令性种植面积和25万担收购计划分解落实到乡镇、村组、户。并严格合同管理，考评验收，确保烤烟生产稳定发展。

襄城县实行烤烟生产目标管理问责制。县“四大班子”包乡镇，乡镇领导包村，村组干部包组户，一级抓一级，层层抓落实，工作失误要被问责。同时把烤烟生产“五大”经济指标列入各级干部政绩考核的重要内容，与政治、经济利益挂钩。县、乡镇“四大班子”主要领导亲自抓，农业、科技、公安等有关部门积极配合。县长说，每一届县委、县政府的主要领导同志，对全县烤烟生产都了如指掌。许多乡镇村干部被誉为“烟书记”“烟乡镇长”“烟主任”，不少干部因抓烤烟生产有功被破格提拔重用。

制定扶持政策　建立激励机制

烤烟是特殊农作物，既怕旱，又怕涝。农民种烟要承担自然与市场的双重风险，需要有关行业和部门的关照和支持，特别需要政府强有力的重视和保护。

近年来，为了恢复发展浓香型烤烟生产，襄城县委、县政府紧密结合本地实际，制定了一系列扶持奖励政策。一是设立发展烤烟生产专项基金。从当年全县烟叶税收总额中提取5%作为下年度发展烤烟生产专项资金，有县财政单收单列，直接划拨到县政府烤烟生产办公室掌握使用，全部用于烤烟生产。二是县对乡财政实行分灶吃饭，对烟叶税单独核算包干，每年核定上缴县财政烟叶税基数，按3∶7的比例进行分成，即县财政30%，乡镇财政70%，超额部分全留乡镇财政。三是烟叶生产环节奖。对育苗、移栽、大田管理、成熟采收、烘烤等五项环节，根据得分评出一、二、三等奖，分别奖励现金8000元、7000元、5000元，奖给主抓烤烟生产的县、乡镇、村和烟草公司干部。四是年终综合奖。对种烟乡镇连片烟田面积、环节检查得分、烟叶收购计划指标，按2∶3∶5的比例，综合评出一、二、三等奖，分别奖励5万元、3万元和2万元。五是设立完成计划种植面积、收购合同目标任务奖。凡种烟乡镇完成任务100%者，奖励乡镇党委书记、乡镇长每人每亩2元，乡镇主管副职、烟办主任、烟站站长每人每亩0.6元。六是对完成年度烟叶计划种植面积、产购合同任务的村，将本村实现年度烟叶税总额的6%奖给村干部。七是连片规模种植奖。凡种烟村按计划连片1000亩以上的烟方奖励村支书、村委会主任每人1500元。八是对连片烟田，烟草公司统一免费机耕起垄、定量供应烟草专用肥、地膜、防病治虫农药。并对丘陵烟区每400亩、平原烟区每400亩配备一名技术员进行技术指导。对普通烤房改为密集烤房，每座供应供热和自控设备一套，新建密集烤房每座补贴21000元。

不断增加生产投入，建立烟叶生产风险救助基金。近年来，襄城县对烤烟生产投入资金逐年增加，去年就达3540万元。并采取县财政补贴12元、烟草公司承担9.6元、烟农负担2.4元的办法建立烟叶生产风险基金，并积累滚动使用。对遭受严重自然灾害、病虫害的每亩最高补贴500元。由政府、烟草、保险公司、烟农代表组成理赔小组，现场勘查损失大小，及时赔付受灾烟农，降低了种烟风险，从而解除了烟农后顾之忧。

建立人工增雨和人工防雹体系，降低自然灾害对烤烟生产造成的危害。县烟草分公司主动与气象部门协调配合，在杨庄、闫寨等四处建立防雹增雨点，近年来累计实施防雹增雨作业31次，作业面积120万亩，减少干旱和冰雹灾害的损失达3200多万元。

上述政策措施的落实到位，不仅调动了全县各级干部抓好管好烤烟生产的积极性，也大大提高了烟农种烟的积极性，干部和烟农们说，县里舍得投资下本钱，我们舍得出力下功夫，本钱加功夫，烟叶变成“摇钱树”。

加强基础设施建设　夯实生产基础

烟叶生产基础设施，包括烟水、烟路、烟炕、农机等配套。烟叶是特殊农作物，不能连作，必须隔年种植，轮作倒茬。在烟水配套上，根据国家烟草专卖局关于“围绕基本烟田作规划，依靠水资源定项目，因地制宜选类型”的建设要求，襄城县首先以乡镇为单位规划基本烟田。

在全县83万亩耕地中，有70万亩适宜种烟。而山丘岗地、平原、低洼耕地分别占总面积的22%、53%和25%。遵照“宜粮则粮，宜烟则烟”的原则，该县按辖区土地利用总体规划，在全县15个乡镇275个村划定基本烟田25万亩，连片面积大块几千亩，小块也有几十亩。并以村为单元划区定界，逐块编号登记，造册建档。通过以法定程、契约合同或村民自治形式，建立了以烟为主的耕作制度，确保基本烟田修养生息，提高土地承载能力。

在全县农田中，20世纪五六十年代兴建的水利设施，大都年久失修，水渠、排洪渠淤塞，塘坝垮塌，形成干旱和资源型缺水。据气象部门史料记载，虽年降雨量700毫米左右，但降雨与农作物需水时空分布不均，年际间差别大，干旱频率高，涝灾也时有发生，也制约了全县烤烟生产的稳定发展。

襄城县围绕25万亩基本烟田，本着“因地制宜，科学合理，事实求是”的原则，特别考虑到我国农村土地承包责任制长久不变的基本国情，对烟叶生产基础设施建设布局规划做到三个结合：即与烟叶生产可持续发展规划相结合，与发展现代烟草农业目标要求相结合，与社会主义新农村建设相结合。在发改委、水利、农业、交通、国土资源等部门配合支持下，自2005年以来，已累计投入专项建设资金近2亿元，共建提灌站22座、小塘坝2座、机井3020眼；主干渠、1型支渠38条，总长48公里；排洪渠10条，长32公里；管网59条，长187公里；烟田道路55条，长320公里，受益烟田面积22.58万亩。新建、改建密集烤房4502座，解决了8.2万亩烟田烘烤配套。这些基础设施建设项目已通过上级烟草专卖局验收。

目前，全县烟区投入运行的实践大大改善了烟区生产生活条件，旱能浇，涝能排，渍能除，抵御自然灾害能力明显提高。同时，也解决了烟区部分人畜用水饮水问题，降低了生产成本。2000年，全县烟农增收8900万元，县财政增税1958万元，烟草公司增效6720万元。

创新生产组织模式　探索集约化经营

随着我国烟草行业“大市场、大企业、大品牌”发展战略的实施，对烤烟生产提出了更新更高的要求。而以“小农生产、分散种植、粗放经营”为主要特征的传统烤烟生产方式已不能适应现代烟草农业发展的要求。

襄城县委、县政府和烟草分公司积极探索新的烤烟生产组织管理模式。根据农村家庭联产承包责任制后出现“面条田”“刀把地”的实际情况，决定调整土地承包方式，遵照“依法、自愿、有偿”的原则，建立完善土地使用流转机制，允许土地经营权转包、租赁、互换、入股经营，促进了土地资源合理流动，烟田向种烟大户集中。各乡镇都成立了农村土地流转中心，为农民土地承包经营权流转服务，及时发布土地流转信息，合同管理，调解纠纷，建立土地流转档案。目前，全县已建立烟叶家庭农场158个，种植面积2.5万亩，占全县种烟总面积的22.7%；发展20亩以上的种烟大户1497户，种烟面积3.6万亩，占全县种烟总面积的32.7%。

襄城县烟田向烟叶生产农场和种烟大户集中，烟田有两种土地承包经营权流转类型和两种集约化经营模式。两种类型是：本村种烟大户自行协商租赁本村农户土地种烟，双方约定每亩年租金后向乡镇农村土地流转服务中心提出书面申请，签订土地流转合同；村委会集体租赁，与农户商定每亩年租金，并分别付给各出租户，同时向乡镇农村土地流转服务提供书面申请，签订土地流转合同。尔后，以返租倒包的形式，再转租给农场主、种烟大户，他们把土地租金交给村委会。两种集约生产经营模式是：种烟大户有技术、会管理、劳动力，自己生产经营；农场主、种烟大户雇用技术员、临时工，帮助生产经营。同时各乡镇都有民间劳动服务中介公司，登记在册的务工人员有300、500名不等。农场主、种烟大户生产需要用工时，只需打一个电话，中介公司就把临时工带到田间地头。

河南农大、河南农科院和业内有关专家考察论证认为，襄城县这两种烟叶生产组织管理新模式，符合我国农村经济社会发展的基本规律，提高了烟农组织化程度，明显改变了多年来千家万户种烟、烤烟、卖烟的小农经济生产方式；易于推广普及先进技术，实现机械化作业，种烟面积相对稳定。在市场经济条件下，为引导农民在区域农业中实现共同富裕进行了有益的探索。

推广先进适用技术　增强科技支撑能力

推广普及先进适用技术，是把科技成果转化为现实生产力，是提高烟叶质量的关键。近年来，在县委、县政府的重视下，县烟草分公司狠抓先进技术的推广普及工作，大大增强了科技在烤烟生产中的贡献率。

加强对科技兴烟的领导，建立健全组织保障体系。在县、乡镇、村都配齐了科技副县长、副乡镇长、村委会副主任，为科技兴烟打下了组织基础。在科技推广服务上，县建烤烟生产技术研究推广中心，乡镇有烤烟生产技术辅导站，村设烤烟生产技术辅导小组，全县上下形成协调配套的科技推广普及服务网络。同时配齐人员，兑现政治、经济待遇，大大激励了广大干部和科技人员投身到科技兴烟服务工作中，认真解决技术棚架问题。他们实行技术承包责任制，做到技术服务到田，烘烤指导到炕，预检分级把关到户，并把考核结果与工资奖金福利挂钩。

襄城县主动向社会借脑，聘请业内外烟草专家、教授组成智囊团，以卷烟工业需求为导向，“工商研”结合，以县烟草研究所为基地，针对全县浓香型烤烟生产中遇到的技术难题立项研究，协作攻关，先后解决了良种、施肥、植保等8个技术难题，再把这些科技成果向全县推广普及。

大力推广普及彰显浓香型烤烟生产先进适用技术。针对全县烤烟品种单一、主导品种特性退化，易染病害的实际，县烟草研究所在河南农大等科研院所的帮助下，经连续多年品种对比示范种植试验，精心培育，选定品质好、抗旱、耐涝、抗病害、易烘烤的中烟100、中烟201、NC89为当家品种，使全县烤烟优良品种率达100%。推广平衡施肥技术，根据全县15个乡镇252个村烟田土壤样品化验结果，建立采样烟田档案，缺啥补啥。按照“控氮、稳磷、增钾、配微”的原则，有机肥和无机肥结合，定量施腐熟农家肥，重施优质芝麻饼肥。在烟叶采收季节，技术员深入田间地头，先采成熟不同的叶片，让大家统一眼光，认识各部位烟叶成熟度生理特征和工艺标准，再组织烟农采烟。严格操作，下部叶适熟早采，中部叶成熟稳采，上部叶充分成熟采收，顶叶4至6片叶十分成熟后一次性采收。他们大力推广“三段式”烘烤技术，使鲜烟叶烤干、烤黄、烤香，有效提高了烤烟质量。

大力开展烤烟生产技术培训，培育新一代技术骨干队伍。襄城县采取集中和分散相结合的形式，开展县、乡镇、村三级技术培训，选送技术员到大专院校深造，联合开办农函大烟草专业班，举办农民夜校，全方位、多层次、多渠道开展技术培训。近年来，还先后编印种烟明白纸、《烤烟生产技术手册》等18.6万份，发至种烟村、组、户。并充分利用广播、电视、报刊等新闻媒体，开展烟叶生产技术讲座，还邀请省内外烟草专家讲学。近年来，全县累计培训烟草职工3200多人次，乡镇村级技术骨干6500人次，受训烟农12.8人次，有86人获农艺师、助理农艺师资格，1200名烟农获技术员职称，一户一个明白人，一支有技术、懂经营、会管理的干部和烟农队伍茁壮成长。

实行专业化分工　提高服务质量水平

在烤烟生产过程中，“两头工场化、中间专业化”是襄城县委、县政府和烟草分公司全心全意为烟农服务的重要举措。

两头工场化，即集约化育苗工场和专业化烘烤工场，统一完成育苗、烘烤的管理模式；中间专业化，即按烤烟生产环节进行专业化分工建立农机、植保、采收、分级等专业队组织服务模式。

在管理服务运作过程中，以村为单元，县烟草分公司投建育苗大棚群，有偿承包给育苗专业户经营，双方民主协商，约定承包年限和育苗数量。根据漂浮育苗技术要求，培育无病无毒高茎壮苗，对烟农实行商品化供苗。由村新建、改建密集烤房，聘用“有经验、技术硬、责任心强”的烟农为烘烤专业户，自行管理经营自负盈亏。烘烤专业户与村委会签订烘烤设施使用管理合同，与烟农签订鲜烟叶调制加工服务合同，收取定额烘烤费。搞好烟叶生产全过程优质服务。产前，乡镇烟站组织机耕队，对农户烟田进行统一机耕起垄；烟叶生产物资供应队以“套餐”的形式，将生产物资直接配送到户；产中，大田管理专业队，统一规范移栽，统一中耕锄草培土，统一平顶抹杈，统一规范留叶；植保专业队统一时间供药，统一防病治虫；采收专业队坚持烟叶成熟统一采收，系烟装炕；分级专业队登门入户初检，指导烟农分级，从而大大提高了烤烟生产组织管理水平，也把烟农从技术要求高、劳动强度大中解放出来，轻轻松松种烟。

襄城县烟草分公司创新服务手段，遵照“求实效、重服务、广覆盖、多模式”的原则，整合信息资源，充分利用现代信息技术，为烟农搭建技术信息服务平台；积极推行“四电合一”（电话、手机、电视、电脑）工程，建立健全烟农技术信息服务体系。通过与当地电信部门合作，利用烟草 VPN 网，将装有座机、持有手机烟农的电话号码登记在册，以语言服务、短信的形式，将天气预报、生产收购政策、每个生产环节技术要点及时转发给烟农，实现网内烟农与烟农、烟农与技术员之间的通话，相互沟通。

（本文与苏新宏合作，原载 2009 年 9 月 1 日《中国烟草》、2009 年 9 月 1 日《东方烟草报》）

开展信息化建设　提升卷烟物流管理水平
——焦作市烟草专卖局（公司）开发应用卷烟物流3G调查

为提升全市卷烟销售网络建设水平，河南省焦作市烟草专卖局（公司）积极探索开发应用卷烟物流3G信息系统，助推全市烟草商业由传统商业向现代流通转变，提高了经济效益和社会效益。

焦作市烟草专卖局（公司）辖7个县（市区）烟草专卖局（分公司）。全系统在岗干部职工430多名，固定资产8000多万元，年购销卷烟近11万箱，需要周转商品资金91000万元，年实现利税18800万元，是河南省烟草商业系统骨干企业之一。这个局（公司）领导班子把开发应用卷烟物流3G信息系统作为企业提高卷烟物流现代化管理水平的重要手段举措，从系统内抽调20多名精英成立四个项目组，形成开发团队。在科技信息技术院所支持下，经过半年多奋斗努力，开发出具有焦作本地区卷烟营销和市场管理特色的3G信息系统，构成一个上接省局（公司）、下联各县（市区）局（分公司）、横贯“四员”（客户经理、电话访销员、送货员、专卖管理员）的互联互通、信息共享的卷烟营销信息局域网络，使卷烟营销管理实现了数字化、自动化、智能化、可视化，明显降低了卷烟物流运营成本，大大提高了企业经济效益。河南省烟草专卖局（公司）召开现场会，向全省烟草商业系统总结推广了他们的经验。

紧密结合本地实际　自主开发卷烟物流3G信息系统软件

焦作是全国优秀旅游城市，在总面积4072平方公里中，平原面积占84%，山区面积占16%，人口361万，其中农业人口255万，非农业人口106万，有85万人吸烟。2008年农民人均纯收入6130元，城镇居民可支配收入13199元。

焦作市是卷烟纯销区，在辖区7县（市区）74个乡镇1672个行政村1878个自然村中，有卷烟零售客户11360多户。其中，城镇零售客户6445户，农村零售客户4923户，丘陵山区零售客户2280户。在传统卷烟营销中，卷烟采购数量、档次与本地市场需求实际“难吻合”，卷烟工业卷烟送货车辆进入卷烟配送中心卸货入库次序“难调度”，卷烟仓库移货和分拣包装备货“难规范”，卷烟配送、专门执法车辆和访销、专卖巡查的电动车、摩托车行驶轨迹“难监控”，“四员”（客户经理、电话访销员、送货员、专门管理员）工作信息互通和业绩考核“难掌握”。多年来，这“五难”成为制约该市局（公司）卷烟物流管理水平提高的“瓶颈”。

根据河南省烟草专卖局（公司）开发卷烟物流3G信息系统要求，针对全市烟草系统上述“五难”实际，焦作市烟草专卖局（公司）起早赶路，遵照“先进、实用、高效、经济”的原则，投资485万元，从2006年11月至2007年7月，在河南省科学技术信息研究院、浙江创联信息技术股份有限公司、焦作市移动通讯公司等单位大力协作支持下，经3G信息系统开发团队8个多月连续奋战，全体员工共同努力，以GIS技术为核心，相继自主研发出智能调度系统、订单供货营销系统、客户关系管理系统、卷烟仓储和分拣包装管理系统、财务管理系统、车辆监控管理系统、GIS业务查询分析系统、“四员”联动平台、零售客户投诉系统、视频监控系统等10多套信息技术应用软件和子系统，构成具有焦作市销区实际特色的物流现场信息采集处理综合优化调度管理平台。

两年多了，3G信息系统运行实践结果表明，系统效果良好，使卷烟物流管理实现了仓储管理数字化、卷烟库存合理化、卷烟分拣包装电子化、配送线路智能化、车辆配载经济化、成本费用节约化，全市形成了高效、快捷的卷烟物流体系。有关专家认为，3G信息系统集卷烟物流、商流、资金流等信息为一体，先进、实用、管用，是提升卷烟物流现代化管理水平的信息技术，很有应用推广价值。

搞好电子硬件建设，为3G信息系统提供有效载体。对全市31台卷烟配送车辆、专卖市场管理执法车辆和客户经理、专卖管理员的64辆电动车、摩托车安装了“GPS卫星定位终端”电子设备，进行实时定位，数据传输；为卷烟配送车辆安装了“倒车雷达”，及时提醒司机倒车安全；为“三员”（客户经理、送货员、专门管理员）配备掌上电脑（PDA），用于信息互动、移动办公和仓储管理、个人工作信息；在配送中心、订单部、全市销区驻外烟草专卖管理机构及各县（市区）局（分公司）客户服务中心工作现场安装监控摄像头，自动切换画面，实时监控其工作流程状况。

建立3G信息系统组织管理机构，实施监控管理指挥。针对卷烟物流纵向管理层次多、横向管理范围大、营销服务管理环节广的状况，为加强对3G信息系统应用运行管理指挥，焦作市局（公司）建立了中央监控指挥中心，下设卷烟配送中心、县（市区）局（分公司）监控指挥分中心，对全市系统营销、服务、仓储、分拣、配送、专卖、财务等工作流程进行监控、痕迹管理。在市局（公司）中央监控指挥中心，足不出户，鼠标一点，全市系统各项工作运行情况便迅速显示在监控显示屏上，尽收眼底，一目了然，还为领导进行卷烟营销综合分析决策提供了可靠的数据信息依据。在一双双“电子眼”的监视下，可视化办公区、仓储区、驻外专卖管理机构数字监控系统的几十个监控点位都能有效监控和防护。

应用3G信息系统　实现卷烟物流信息自动集成。

两年多来，焦作市局（公司）在卷烟配送中心园区、库内、配送途中物流及烟草专卖市场管理、经营和访销业务中积极应用推广自主开发的3G信息系统软件及子系统，实现了卷烟物流信息自动集成，有效提升了卷烟物流现代化管理水平。

烟库存卷烟仓储管理数字化，实现卷烟库存合理。应用智能化仓储系统，优化了卷烟出入库作业流程，实现了卷烟入库、存放、移位、出库、盘点、检索到拣选各作业环节的精细化管理。实现了数据处理传输信息化，对每一批次卷烟入库的时间、存放码堆位置等信息自动记录，当卷烟出库时，能达到先进先出程序。能实时查看卷烟库存状况，当库存量过大或过小时，某品牌卷烟超过库存周期时，监控管理员即发出报警信息，营销中心就及时调整卷烟购进计划，满足市场需求。

实时监控调度卷烟分拣，提升分拣包装作业效率。根据现行的“今日访销，明日配送”的物流模式，按照智能优化调度结果，结合零售客户卷烟订单数量、卷烟配送中心分拣包装和出库装车计划，应用卷烟分拣包装管理系统，按客户订单序号自动分拣和包装卷烟，实时监控卷烟包装各作业环节，规范了分拣操作流程，及时处理异常情况，自动调控分拣包装设备运行速度和稳定性，降低了劳动强度，提高了分拣包装质量，有效减少了皱烟、漏码烟发生率。应用条烟打码控制系统，实现了卷烟分拣包装时一户一码。由系统导入传递当日分拣数据后，通过公控机读取零售客户订单码段，生成一户一条一码信息，实现卷烟分拣包装到户，从而达到分拣包装作业标准化，现场管理规范化，分拣包装零差错。

配送线路智能化，实现弹性送货。焦作市辖区的 11360 家零售客户，虽每户每次订烟数量小，可总订单份数多，尤其通往农村零售客户的地形、地貌、道路复杂。以往，在全市销区人工规划的固定配送线路多达 35 条，经整合优化后还有 29 条，运行实践证明还有一定的误差。有的因送货线路送货量小，送货车“吃不饱”，送完货后半途空载而归；有的送货量大，送货车超负荷，往返多次，不仅浪费了物流资源，而且送货人员和车辆忙闲不均。应用 GIS 智能优化调度管理系统，在制作精确实用配送线路电子地图、并将全市销区划分为 A、B 两个配送区域的基础上，以 U 型送货线路确定起始装载点，自动生成配送线路，确保单车送货线路间的衔接，并根据各配送区域订单量、道路等级、送货车装载量和零售客户分布情况，对送货线路即时优化，随机调度车辆，弹性送货；对零售客户分散、订货数量少的配送区域预设装载小的车辆；对零售客户集中、订单数量大的配送区域预设装载量大的车辆；按照相应配送区域、预设车辆、道路信息自动生成送货线路；并把零售客户数量少、送货量少的生成线路自动调整到毗邻线路。通过系统的节假日前订单预处理功能，对订货量大、位置较为集中的客户自动生成指定线路，派专车送货，解决了节假日前销量大、送货压力大的现象。两年多来，应用该系统大大提高了卷烟配送工作效率，降低了配送车辆的出车频率，缩短了为零售客户送货总里程，提高了车辆装载率、送货效率，节约了送货时间。2008 年与 2006 年相比，单车年均送货量增加 1198 箱，日均出车量减少 6.4 台，送货人员减少 13 人，年节约人工成本 70 余万元。

送货车辆辅助导航系统，提高配送准确、准时率。应用车辆辅助导航系统，通过下载每日车辆配送线路信息和电子地图更新信息，对送货车辆辅助导航，打破原有固定线路送货模式。实行智能优化配送线路后，驾驶员以 GPS 自动导航装置，按约定时间将客户订购的卷烟如数送到店内柜台上，从而节约了送货时间，既提高了配送工作效率，又提高了客户满意度。

卫星跟踪定位，实时监控管理调度“三员”工作车辆。应用 GPS 车辆定位监控管理系统，对全市烟草系统的送货车、专卖稽查车、客户经理电动车、专卖管理员摩托车实时跟踪定位、信息查询、监控调度和痕迹管理，以移动通讯网络传输数据，车载“GPS 卫星定位终端设备”每隔 3 秒向中央监控指挥中心回传一次车辆行驶轨迹信息。外勤车辆出现故障、工作遇到困难、意外情况时，可即时报警，能得到紧急救助、保证车辆和商品安全；监管各类车辆班后停放规定位置，锁定行驶区域范围，保证车辆合理随时调度；对客户经理、专卖管理员、送货员、驾驶员的工作流程、工作过程、工作实效进行实时信息跟踪管理，既提高了工作效率，又为绩效管理、客户投诉提供依据。

卷烟销售监控，提高经营决策水平。应用紧俏货源自动分配系统，根据零售客户业态、经营规模、市场类型对其自动分配紧俏货源，实现同区域、同业态、同类型零售客户分配的紧俏货源数量一致，实现了公开、公平、公正。每日市局（公司）营销中心将紧俏卷烟按品牌、数量、供应范围和比例分配到各县（市区）局（分公司）客户服务中心。根据不同业态零售客户紧俏货源的比例，由系统自动计算出供应数量，自动分配到客户。通过访销实时查询，及时监控全市各县（市区）局（分公司）的访销情况，以销售预警机制，实现均衡销售；利用单品牌卷烟销售对比分析结果，监控其在阶段时间内销售趋势，把握市场导向，有效组织货源。能查询分析全国重点骨干品牌卷烟在全市各县（市区）局（分公司）销售情况，为工业企业提供动态销售信息，实现了工商协同营销。

卷烟市场监管，提供依法行政水平和执法效率。应用专卖内管系统，实现烟草专卖管理系统、营销业务系统无缝对接，能实时查询分析辖区各零售客户每日每月品牌卷烟购销情况，有效地跟踪监管异常经营行为，更好地发挥同级专卖内管部门作用，确保辖区卷烟销售市场秩序规范有序；运用办证入网系统，随时查阅分析零售客户办理烟草专卖零售许可证和入网销售情况，监管零售客户遵纪守法行为，规范了办证入网程序，使审批更加高效快捷、人性化；运用案件管理系统，随时查阅分析每一案件从立案、调查取证、行政处罚、结案归档等办理过程，从而规范了办案程序，约束专卖管理人员的执法行为，大大提高了依法行政水平和执法效率。

应用3G信息系统，能对在配送中心园区、仓储区、分拣区作业的送货车、叉车、移动工具的行驶位置、状况、轨迹进行现场实时监控管理调度，确保货物、货架、机器设备完好无损，达到在有限空间安全作业效率最大化；能对配送中心、订单部、驻外烟草专卖管理机构、各县（市区）分公司客户服务中心的工作现场视频实时监控，有效规范了每位员工的工作行为；对“四员”前一天工作的开展情况进行痕迹检查，记录在案，使“四员联动”工作和考评制度落到实处；还有力地推进了村村通网络工程的深入开展，使专卖市场管理延伸到全市辖区每一个自然村、每一个农村零售客户，实现了服务与监管无死角。

四点有益启示

两年多来焦作市烟草专卖局（公司）积极推广应用3G信息系统软件成果，明显提升了全市烟草系统的经济规模总量和固定资产总量，提高了卷烟物流现代化管理水平，降低了物流运行成本。2008年与2006年相比，卷烟销量、单箱销售收入、实现利税分别增加9245箱、1832元、8669万元，年节约物流成本286.7万元，固定资产总值增加995万元，大大促进了企业发展。开展应用3G信息系统项目成功的启示是：

一、领导重视，认真组织协调。焦作市烟草专卖局（公司）把开发应用3G信息系统项目试点作为提升全市卷烟物流信息化管理水平、推进传统商业向现代流通转变的难得机遇，列入市局（公司）、县（市区）局（分公司）两级领导班子“一把手”工程。为加强统一组织领导，市局（公司）成立开发应用3G信息系统项目试点工作领导小组，局长、经理蒋贺清任组长，主管卷烟营销副经理为副组长，有关科室负责人为成员，下设需求提报组、技术开发组、后勤保障组，办公室组织协调，县（市区）局（分公司）成立相应组织，全市上下形成强有力的组织保障体系。领导小组对开发应用3G信息系统项目工作统一领导，统一组织，认真制订设施项目试点工作方案，协调督促信息设备购置，聘请科研院所信息专家和技术人员、开发应用、资金调拨到位和配置服务车辆、人员。领导小组建立项目试点工作例会制度，定期召开会议，听取汇报，认真研究解决开发应用过程中遇到的困难和问题，并责成有关部门具体落实，还实行3G信息系统项目工程管理目标责任制，层层分解，严格考核，奖惩兑现。在开发应用的关键环节，局长、经理蒋贺清和他的助手们亲临现场督察，使物流决策指挥层、物流协同管理层、物流作业任务执行层的干部职工精神振奋，劲头十足，为推进3G信息系统开发应用工作进程奠定了基础。

在开发应用卷烟物流3G信息系统过程中，河南省烟草公司副总经理王志富多次深入到焦作市局（公司）听取汇报，在中央监控指挥中心观看3G信息系统功能演示，到卷烟配送中心、订单部、市区分公司现场观摩，有针对性提出6条改进意见和措施。省卷烟销售公司经理、副经理带领信息工作人员先后到焦作市局（公司）3G信息开发应用现场检查指导，大大提高了项目试点工作效率。

二、开展思想教育，认清重要意义。3G信息系统从命名到使用，焦作市局（公司）干部职工都很陌生，没有现成的经验可循，也没有固定的模式可借鉴。为此，市局（公司）决定，从转变思想观念入手，在全市烟草系统上下采取多种形式开展宣传教育，开启思想认识这个总开关。召开职工大会宣讲开发应用3G信息系统项目试点的目的、重大意义，聘请有关科技信息技术院所4名教授、技术人员讲解什么叫3G信息系统及其在卷烟物流配送中的作用，印发有关3G信息系统资料，以科室为单位组织学习讨论，使广大干部职工认清了3G信息系统的概念、组成和开发应用的重要意义。大家一致认为，3G信息系统是提升卷烟物流配送工作效率的有效手段，也是传统商业向现代流通转变，实现企业发展目标的“助推器”。思想认识提高了，则是纲举目张，一通百通。全市烟草系统上下联动，齐抓共管，从机关到基层，从干部到职工，齐心协力，出主意，想办法，3G信息系统开发应用团队信心高，干劲足，为开发应用3G信息系统项目试点工作顺利开展奠定了思想基础。

三、开展3G信心技术培训，提高网络从业人员操作技能。焦作市局（公司）在制定实施3G信息系统项目试点工作计划方案的同时，就制定了信息网络操作技能培训方案。首先从全市烟草系统内选送具有大专以上学历的15名业务精英到科技信息学院学习深造，为3G信息系统启动运行准备了技术人才队伍；其次，对市局（公司）中央监控指挥中心和配送中心、县（市区）分公司监控指挥分中心的系统网络操作人员进行岗前集中学习培训，聘请科技信息院校、移动公司的专家授课，现场演示，手把手地传授3G信息系统使用技术，使他们熟练掌握了电脑操作、网络基本概念使用、组建网络软件和硬件设备、无线通讯服务等基本知识、程序和功能，达到会讲解、会操作使用、能指导；第三，通过对“四员”（客户经理、送货员、电话访销员、专卖管理员）现代信息技术培训，使他们能掌握使用所配备的3G信息系统终端器材设备；第四，通过对计算机系统、网络管理人员的培训，使他们熟练掌握3G信息系统网络的组建、维护和管理方法，熟悉网络安全防护和常见故障排除等技巧，熟练操作每一道程序，并能准确诊断和及时排除可能出现的故障。通过分层培训，明显提高了3G信息系统技术使用和操作技能水平，为开发应用3G信息系统奠定了技术基础。

四、采用3G技术，应结合本地卷烟物流配送实际，既要先进，更要实用、管用。焦作市局（公司）认为，开发应用3G信息系统的目的在于提升卷烟物流现代化管理水平，提高烟草商业企业经济效益和卷烟零售客户的经营效益及社会效益。而地方科技信息技术院所拥有先进的科研信息技术成果的局域性、方向性强，涉及各种行业和领域。该局（公司）在开发3G信息系统时，不是原封不动地照搬照套这些院所的科研信息技术成果，而是择其适合本市销区实际的先进信息技术去应用，达到借脑长技的效果。例如，在绘制访销配送电子地图过程中，送货员第一次按浙江创联信息技术股份有限公司技术人员绘制的电子地图送货，有的客户找不到，有的客户张冠李戴，很不适用。信息中心和有关部门组织人员对全市辖区零售客户、道路重新实地调查，反复多次梳理修改零售客户基础信息，先后校正电子地图信息967条，维护道路和零售客户信息28.3万多条，提报系统各类功能需求信息1060多条，使电子地图适用于全市卷烟访销配送工作，送货员按时送货准确率达100%。

（原载2010年6月24日《经济参考报》、2010年6月30日《新华网》、2012年12月4日《现代物流报》、2010年3月15日第6期《中国烟草》《中国物流与采购网》）

科学发展的有力保证

——焦作市烟草专卖局（公司）“四好”领导班子创建活动调查

经济方式转变的“核能量”。企业如何加快经济方式转变，焦作市烟草专卖局（公司）紧紧抓住“四好”领导班子创建这个纲，纲举目张，一通百通，在经济方式转变中获得巨大突破，充分显示出它的“核能量”在于——有好班子就能带出好队伍，有好队伍就能创造好业绩。

在创建政治素质好、团结协作好、作风形象好、经营业绩好“四好”领导班子过程中，焦作市烟草专卖局（公司）以科学发展观统揽全局，狠抓思想建设，加强理论学习，使科学理论指导工作的成果体现在明方向、定战略上，体现在解疑难、出思路上，体现在保增长、谋跨越上；狠抓制度建设，以制度促民主，围绕“用工、用权、用钱”构筑反腐体系，展现出节奏快、标准高、工作实、态度好的精神风貌和工作作风；狠抓能力建设，在领导企业参与竞争中决策准、思路新、驾驭复杂问题的能力强。

2005—2009 年，焦作市烟草专卖局（公司）实现了三大跨越，在规模上再造了三个“企业”，再次让人们看到，抓党建、促发展，是增强核心竞争力、推进企业长远发展的关键。

河南省焦作市烟草专卖局（公司）辖 7 个县（市区）局（分公司），有干部职工 430 多人，其中干部 68 名，是国有烟草商业企业；该市局（公司）党组下属 8 个党组、14 个支部，有党员 257 名，该市局（公司）实行党政由党组书记、局长、经理一肩挑的领导体制，三块牌子一套机构。

2005 年以来，焦作市烟草局（公司）紧紧围绕发展这个第一要务，认真贯彻落实科学发展观，坚持开展“四好”（政治素质好、经营业绩好、团结协作好、作风形象好）领导班子创建活动，加大干部政治理论、业务技能教育学习培训，大幅度提高干部思想政治素质，从而加强了领导班子建设，为企业发展锻造了坚强核心，有力提高了思想、政治和组织保障，破解了改革创新中一个个难题，有力推动了企业步入历史上最好最快的发展时期。

企业抓好党的建设这个政治优势，已转化成经营优势。如今，焦作市烟草专卖局（公司）营销规模和经营效益实现了历史性的突破，原定阶段性发展经济目标已经实现，卷烟销量过 10 万箱，利润过 1 亿元，由河南省烟草商业企业三类公司跨入二公司，实现了焦烟几代人的夙愿。

4 年来，焦作市烟草专卖局（公司）积极运行质量大幅提升，经营业绩显著；2005 年至 2009 年，累计销售卷烟 479723 箱，实现税利 68835 万元，固定资产增加 20200 万元，职工人均收入翻了一番。

4 年来，焦作市烟草专卖局（公司）优异的经营业绩得到上级和社会的公认，荣获殊荣不断：河南省文明单位、河南省烟草行业政风行风建设先进单位、河南省烟草商业党风廉政建设工作优秀单位、全省卷烟打假工作特殊贡献奖、焦作市企业先进党组织、企业创建“四好”领导班子先进集体。

党组书记、局长、经理蒋贺清说：“企业改革发展的关键在于领导班子和领导干部，充分发挥党组织的政治核心作用，这既是政治优势，又是企业的优良传统，也是我市局（公司）取得良好经营业绩的关键所在。如今，全国卷烟市场竞争激烈，烟草商业企业经营销售工作千头万绪，只有把‘四好’领导班子建设活动搞好了，则是纲举目张，一通百通，应对市场竞争游刃有余。”

河南省烟草专卖局（公司）“四好”领导班子创建活动考评小组考评后认为，焦作市局（公司）这一届领导班子带领干部职工创出这样好的经营业绩，主要是他们创建了“四好”领导班子，好班子带出了好队伍，好队伍创造出了好业绩。他们创建“四好”领导班子的经验做法，在当前国有烟草商业企业发展方式转变中具有重要的推动和借鉴意义。

理论建设：锤炼思想政治素质

政治素质好是“四好”领导班子建设的首要标准。在创建活动中，焦作市烟草专卖局（公司）始终坚持把加强思想理论建设、提高思想政治素质作为首要任务来抓。采取多种形式，加强理论学习，真正学懂弄通党的基本理论，为企业改革、健康、稳定、快速发展提供了思想动力，保证坚持和完善集中学习制度和管理机制。焦作市烟草专卖局（公司）党组理论学习中心组始终坚持做到每个季度集中学习一次，每次学习时间不少于3天，雷打不动。针对中心组成员分管工作事物多、营销和市场管理任务重、完成时间紧的状况，他们从健全和完善学习制度入手，在认真总结历年来中心组学习经验的基础上，进一步完善充实了中心组学习各项规章制度，形成一套行之有效的管理机制，实现了“五有”，即有签到簿、有学习安排通知单、有集体学习记录本、有个人学习笔记、有参考资料；做到“四不”，即不以传达会议精神代替集中学习、不以领导作报告代替中心组专题讨论、不以学习笔记代替学习心得体会、不以参阅辅导材料代替阅读原著。每次学习前都将学习通知单提前送达各成员手中，督促他们提前预习学习内容，熟悉讨论题目，使中心组学习做到了定时间、定内容、早准备、精安排，从管理机制上确保中心组学习见成效，使中心组学习做到经常化、制度化、规范化。在学习中，班子成员结合企业改革发展的热点、难点，学理论，解难题，虚实结合，以虚促实。党组书记蒋贺清带头参加学习，做到先学一步，起到了表率作用，每次集中学习讨论都做重点发言，并积极撰写理论学习体会文章与大家交流，从而激发了大家学习的热情。

焦作市烟草专卖局（公司）党组始终坚持把理论学习这个“软”指标，当成“硬”任务来抓。他们从企业改革发展实践中更加深刻地领悟到理论学习的重要性，先后制定《中心组理论学习会规则》《加强党组、干部学习的若干规定》，对中心组成员和学习各方面都作了明确规定，要求班子成员真学、真懂、真信、真用；在学习目的方向上，定位于学理论、谋发展、出思路、统一思想、指导工作；在学习内容上，突出学习邓小平理论、“三个代表”重要思想和科学发展观的重点，与当代政治、经济、科技、法律法规等专题学习研讨同步进行，既优化班子成员知识结构，又进一步使领导班子理清了发展思路，增强了政治意识、创新意识、发展意识、大局意识和发展企业的责任感、使命感；在学习时间上，集中学习讨论时间可串不可占，每个成员在集中学习讨论时间，除参加上级局（公司）安排的活动外，一律不安排其他工作；同时严格要求全市烟草系统各级党组、支部把理论学习作为思想政治建设的第一任务，提高领导干部政治素质第一要求，把理论学习的绩效作为选拔提升干部、评比先进单位、立功受奖的主要条件和依据，有效地调动和激发干部加强学习的内在动力；坚持理论学习考核验收，搞好述学、评学、考学，从而保证理论学习不走形式、不走过场，进一步促进理论学习的不断深入。上述措施的落实到位，使理论学习这个“软”指标变成了“硬”任务，摆上了全市烟草系统各级党组、支部的议事日程。

不断改进学习方式，注重提高学习质量。焦作市烟草专卖局（公司）党组采取集中学习与分散自学相结合、走出去学习与请进来学习相结合，读原文与专家学者辅导相结合、讨论交流与专题讲座相结合、学习理论与理解应用相结合等形式，增强了学习教育的直观性；通过组织中心组成员“每人讲一课”活动，让每位成员把践行科学发展观认识想法讲出来，给大家创造登台发表自己意见和见解的机会，既当学员，又当教员，变“要我学”为“我要学”，有效增强了参与学习、接受教育的主动性、自觉性；每年召开两次扩大中心组学习会，请市局（公司）机关科室、县（市、区）局（分公司）负责同志列席，专门就关系企业改革发展稳定的重大问题，举办“观念创新与科学发展”论坛会，根据不同主题，既安排有重点准备的中心发言，又安排即兴点评，开展互动式讨论，主要领导作小结。论坛会的最大价值在于用具体生动、真实可信的典型案例说话，推陈出新，挑战了旧观念，倡导了新思维，有力地促进了企业科学发展观落到实处，大大提高了中层干部的战略思维和驾驭能力。论坛会还以特有的宽松形式与民主氛围，及时传达上级局（公司）、市局（公司）领导层的决策思想，及时推广第一线践行科学发展观者的新鲜经验，强化了上下沟通，积极配合了企业改革发展各阶段的中心工作。

焦作市烟草专卖局（公司）党组把解决企业改革发展中的实际问题作为理论学习要紧密联系的重点，着眼于对实际问题的理论思考，着眼于新的实践和发展，把理论学习的着力点和落脚点放在卷烟物流配送、服务零售客户工作创特色、争一流上。每年中心组都要列出涉及企业改革发展的重大理论、实际问题专题，围绕全国烟草行业和全省烟草商业系统生成经营战略部署，供领导成员与有关部门研究探索，力求每次学习研讨都能解决企业改革、发展、稳定中一两个重点难点问题，及时解决了领导干部和党员队伍对发展信心不足，以及发展观念、发展思路、发展手段等方面创新不够的问题。

制度建设：促进团结协作

班子团结才有凝聚力和战斗力。焦作市烟草专卖局（公司）党组始终把“团结协作”作为创建活动的重点，积极适应市场经济、建立现代企业制度的新形势。通过建立制度、健全党风廉政建设工作机制，不断增强领导班子的整体功能，提高了凝聚力、战斗力。

完善工作制度，为团结协作奠定一个良好机制。2005 年 6 月，焦作市烟草专卖局（公司）新班子 5 名同志，分别来自烟草商业系统内不同单位和岗位，在年龄层次、社会阅历、性格脾气、学识水平、思维方式、工作经验上各异。为使班子成员优势互补、各扬其长，新班子上任后第一项重要举措，就是按照党章和中央有关文件要求、上级有关规定，紧密结合实际，制定完善《党组工作制度》《局长、经理办公会议事规则。这两项制度规则，在上届党组制定的议事规则基础上，进一步充实完善了党组工作制度，既保证了党组在市局（公司）的核心领导地位，又对党组的工作责任、成员分工、议事规则、决策内容和程序、涉及职工切身利益的重要问题等方面做出了明确规定；特别是具体规定了关系到企业根本性、方向性、长远性、全局性重大问题的决策 18 项内容，使党组发挥领导核心作用有了一个工作机制。

认真贯彻民主集中制原则，形成团结协作好风气。焦作市烟草专卖局（公司）党组始终坚持集体领导、民主集中、个别酝酿、会议决定的原则，充实完善《关于加强党组民主集中制若干重要问题的决定》《局长、经理办公会议议事规则》，形成了议事和决策机制，建立每月召开一次党组会，每周一次班子成员碰头会，每两周召开一次局长、经理办公会制度，凡是重大问题都由集体研究讨论决定，有效避免了企业改革发展工作的随意性。坚持集体领导，力避独断专行、个人说了算。明确党政管理权限，市局（公司）党组管理全市烟草系统的中层干部任免、重大人事制度改革、企业党建工作、反腐倡廉和政治思想工作等重大事项都要经过党组会议集体讨论决定；市局（公司）管理卷烟销售经营、专卖市场管理、物流配送及办公设施重要项目安排、大额资金使用、涉及职工切身利益重要事项、重大改革措施出台均要经过局长、经理办公会议研究决定。党组书记蒋贺清非常注重遇事总是先沟通，与班子成员达成共识再上会。该市局（公司）党组始终坚持在重大问题决策时、决策前，充分酝酿，认真准备；决策中，充分发扬民主，提高决策质量水平；决策后，按照有关规章制度，积极做好监督工作，确保企业重大决策得到顺利实施。

认真开好民主生活会，提高领导班子解决自身问题的能力。在创建活动中，焦作市烟草专卖局（公司）党组始终每季度召开一次民主生活会，根据各阶段企业改革发展情况，按照科学发展观的要求，班子成员认真开展谈心交心活动，互相学习“照镜子”，查找不足“开方子”；积极开展批评与自我批评，严肃认真地检查自己，查找在党性党风、工作、团结协作方面存在的差距和不足，从世界观、人生观、烟草行业价值观方面分析原因和危害。针对批评意见，每位班子成员都能按照从严治党的要求和政治家的五条标准，提出改进措施，在工作中认真改进，并在下次民主生活上，将每人的改进情况做出汇报。党组书记蒋贺清带头开展批评与自我批评，严格要求班子成员忌放“三炮”，即“空炮”（避重就轻打哈哈，隔靴挠痒敲边鼓）、“哑炮”（无原则一团和气，不愿捅破窗户纸说真话）、“礼炮”（班子成员对“班长”批评时反面文章正面做，曲意逢迎），使班子成员做到从企业改革发展大局出发，实事求是，开诚布公，知无不言，言无不尽，善待批评，珍惜批评价值，反躬自省，严剖问题根源，有则改之，无责加勉，从而形成了班子成员之间政治上互相信任、思想上互相交流、工作上互相支持、生活上互相关心的良好氛围。为提高民主生活会质量，制定出台《关于进一步规范落实民主生活会程序意见》，对民主生活会的议题确定，征求意见开展批评及整改落实情况反馈提出明确要求，还加强对县（市、区）分公司领导班子民主生活会的指导，建立市局（公司）领导成员定点联系民主生活会制度，认真指导下级党组、支部、领导班子民主生活会。通过狠抓民主生活会质量，进一步提高了全市各级领导班子解决自身问题的能力。

在创建活动中，焦作市烟草专卖局（公司）党组积极主动地先后开展以保持共产党员先进性和“讲团结、干实事、谋发展”为主题的思想教育活动，着力解决领导班子中存在的影响团结协作的问题入手，紧紧围绕团结协作找不足，找原因，论危害，挖根源，使全市烟草系统各级领导班子团结协作谋发展的精神状态得到明显改观，班子成员之间相互信任，相互理解，相互支持，力争做到班子同心、工作同步、困难同上，上下形成“团结一致向前看，一心一意谋发展”的良好局面。

作风建设：塑造良好形象

在焦作市烟草专卖局（公司）新一届领导班子就职大会上，党组书记、局长、经理蒋贺清满怀信心地说：“新一届领导班子肩负着全面贯彻落实科学发展观，在新的起点上推进传统商业向现代流通转变，加速企业跨越式发展的历史重任，使命光荣，上级局（公司）党组和全市烟草系统员工寄予厚望，在新的领导班子中，要努力培育新作风，树立新形象，以昂扬向上的精神带领广大党员和职工奋力完成‘十一五’卷烟销售和经营效益规划任务，为全面建设小康社会提供更多的资金。”

4 年来，焦作市烟草专卖局（公司）党组始终坚持把领导干部作风建设作为创建活动的重要内容，进一步健全完善了党风廉政建设的领导体制，大力弘扬优良传统作风和廉洁自律作风，真抓实干，开拓进取，在企业内树立了领导班子和领导干部新形象，在社会上塑造了良好企业新形象。

大力发扬清正廉洁作风，不断提高拒腐防变能力。4 年来，焦作市烟草专卖局（公司）党组围绕企业改革发展目标，建立健全制度、教育、监督并重的廉洁从业保障体系，先后制定《党风廉政建设责任制实施意见》及考核细则等规范性规章制度文件 6 个，将班子成员从业工作分解为 42 项具体要求，对选用干部、工程项目招投标、大宗物资采购和涉及亲属、子女、好友利益方面做出明确的廉政规定，特别加大了对“一把手”的监督力度，从而构成“用人、用权、用钱”三用为核心，具有烟草商业特点和从源头上预防腐败的框架体系，严格约束全市烟草系统各级领导干部的从政行为。从而实现了靠程序控制说话，有效避免了决策的独断专行、个人说了算的随意现象。

在销售经营工作中，班子成员敢于监督从我开始，廉政从我做起，自律向我看齐；平日注重纯洁社交圈，净化生活圈，管好活动圈，规范工作圈，择善交友；带头守住信念防线、道德防线、法纪防线，在各种诱惑面前站稳脚跟。在 5 名班子成员中，就有 3 名家居外地，但他们不住宾馆，租民房，在机关食堂就餐，和职工一样按时交纳伙食费，除节假日外，从不借故回家团聚，更不当“上班进机关大院，下班住宾馆大厦”的“过客”干部，一心扑在工作上，兢兢业业，常年累月奔波在销售工作一线，指导基层工作，抓典型，办案件，认真解决企业改革发展中的难题。

专卖局纪检组长陈恒清说，在企业“三重一大”办理上，实现了公正透明运行。党组书记、局长、经理蒋贺清以身作则，秉公用权，凡是要求班子成员和领导干部做到的自己首先做到。任职4年来，他总是严以律己，从未在企业安排过自己的一位亲朋；在业务往来和社会活动中，所收钱物礼品都如数上交组织。市公司物流中心主任张书群说，每年一到盛夏酷暑，局长、经理蒋贺清就会出现在配送中心、客户服务部等基层单位，坐送货车和送货员一起为零售客户送货，慰问员工，常年坚持不懈。

发扬“节奏要快，标准要高，工作要实，态度要好”的四要作风，领导干部必须抓紧每一天，干好每件事。在创建活动中，局（公司）党组“一班人”5名成员以只争朝夕的精神，经常放弃节假日、双休日休息，加班加点，尽心尽力，尽职尽责，带头苦干。他们经常深入基层调查研究，倾听营销一线广大员工和零售客户的意见和呼声，抓市场管理，查服务质量，为基层单位和职工解决实际问题，推动各项工作深入开展。通过深入基层，领导干部既随时把握执行上级宏观调控政策走势情况，又及时发现领导干部影响企业改革发展的思想作风和工作作风深层次的问题，站在建设全省商业纯销区“一流商业企业”的战略高度，对这些问题进行审视和反思，经过作风讲评会、中层干部例会讲评和剖析，制定作风建设12项改进措施，适时调整卷烟营销目标，推动领导班子成员不断改进领导方法和工作方法。去年，在国际金融危机的影响下，市场竞争更加激烈，面对销售经营工作出现的种种困难，班子成员带头发扬“亮剑”精神，通过召开创新发展誓师大会勇立“军令状”等形式，带领干部职工不畏艰难，励精图治，开拓创新，超额完成了销售和效益目标任务，职工赞不绝口，使领导班子成为干部职工心中的一面旗、前进中的一盏灯、困难中的一根脊梁，树立了“求真务实、追求卓越”的新形象。

积极主动地履行社会责任，为民办实事好事。企业既是建设和谐社会的重要物质基础，又是和谐社会的重要组成部分。在创建活动中，焦作市烟草专卖局（公司）积极主动地履行社会责任，努力建设“责任烟草”“和谐烟草”，做到对社会负责的员工，创对社会负责任的企业。他们眼睛向内，找准自己的位置，始终坚持“国家利益至上，消费者利益至上”，对卷烟零售客户大力开展优质服务活动，对全市11360多零售客户实行电话订货，约时送货到柜台，使他们足不出户就能卖烟赚钱；加强烟草专卖市场管理，打击非法经营，保护合法经营，维护广大零售客户和消费者利益；4年来，投资89万元制作货柜2000台、购置终端机2000台、匾额11366个，无偿配发给零售客户，规范了铺货，方便了经营管理；对残疾经销卷烟者实行特殊服务，帮助摆烟，打扫卫生，到银行交货款，方便了经营管理；为零售客户库存卷烟购买商品保险，防止经济损失；对2425户困难户和“4050”人员实行“四优先”，即优先办理证照，优先改善经营条件，优先提供货源，优先给予经营指导，使他（她）们重新就业，减轻了地方政府压力；全市烟草系统为四川地震灾区捐款20万元，衣物1350多件，共产党员自觉交纳特殊党费8.7万元，有力支援了地震灾区；近年来，为温县南张羌镇三个村新农村建设投资19.5万元，改善村路、生活用水条件；还筹集资金21.8万元，捐助社会慈善事业。焦作市烟草局（公司）党组实实在在为民、亲民、办实事、办善事的作风，营造出和谐融洽发展的社会环境，在社会和全市城乡销区树立了良好的烟草商业企业形象。

强化职工群众意识，积极建设和谐烟草商业企业。在创建活动中，焦作市烟草专卖局（公司）党组始终把以人为本作为治企理念，激励在职职工，体贴内退职工，照顾离退休职工，关心退养家属，帮扶特困家庭。在改革发展思路上，追求企业发展与人的发展协调统一，着眼于员工与企业共同发展，积极推进人力资源管理制度改革，公开、透明、公平、公正地选拔任用干部，为员工成长发展提供更多的机会和途径，使员工在企业工作有盼头、有想头、有奔头，干起工作有劲头。在企业不断发展的基础上，逐步解决了一些历史遗留问题，改善了职工养老社会保险和住房公积金制度，组织离退休职工定期体检，建离退休职工活动室，购置健身器材，配备电视机、订阅报刊杂志，累计支付帮困（大病治疗、天灾人祸）、内退职工补贴、离退休职工补贴等多达610万元；建立了特困职工子女助学金制度；筹措29万元的职工应急互助基金；根据经营效益情况，按照行业有关规定，逐步提高了职工收入，奖金分配向一线倾斜，使广大员工分享企业改革发展成果，切实感受到“企业发展我发展，企业受益我受益”；他们始终把广大职工群众的切身利益放在心上，狠抓物流配送安全，改善工作生活条件，装修办公楼，修缮职工食堂，关心职工工作和生活，尽力解决员工思想困惑和实际困难，积极开展“送温暖、献爱心”活动，市、县（市、区）两级局（公司）领导班子先后慰问困难家庭和职工110多人次，支出实物和慰问救济金10万余元。去年年度测评中，职工群众对领导班子的满意率达98.9%。这个市局（公司）党组扎扎实实为职工群众办实事、好事，既营造了企业和谐融洽发展的内部环境，又树立了领导班子的良好形象。

能力建设：提升经营业绩

“我们的目标就像河的对岸，我们的任务就是要渡过河去，到达彼岸。而要渡过河去，没有桥和船是不行的。所以桥和船就是我们完成任务、实现目标的方法。”焦作市烟草专卖局（公司）党组书记、局长、经理蒋贺清说，《目标形势和我们的任务》文章讲的就是克敌制胜的能力。结合公司的实际，能力和方法在实现企业跨越式发展的进程中，就是我们干部履职践责、完成使命的“桥”和“船”。

在创建活动中，焦作市烟草专卖局（公司）党组始终坚持把提高领导班子和领导干部能力建设作为重要环节来抓，通过加强中高级层次培训、鼓励函授、参加上级培训学习班等多种措施和方法，全面提高领导班子和成员的综合素质和能力。

经营业绩的优劣，最能直接反映企业领导班子的整体水平。为切实提高领导班子和成员引领企业改革发展稳定的能力和水平，焦作市烟草专卖局（公司）党组始终坚持用科学发展观统领全局，强化对领导班子及成员的营销业务培训和实践锻炼，以“决策要准、战略思维要新、销售经营管理要细、参与市场竞争力要强”为基本要求，借助焦作市地方高校优势轮训中层以上干部；广泛开展学经济、学营销、学管理、学财务、学法律法规“五学”活动；举办“落实科学发展观、推进企业跨越式发展”研讨班；选派领导班子成员和管理干部到全国知名高校、先进烟草商业企业参观学习取经，聘请专家学者和业内先进典型企业讲学传经；积极参加上级举办的局长（经理）和管理干部培训班，认真总结推广企业领导管理先进典型经验，进行现身说法。这些举措的落实到位，不仅提升了领导班子及成员的“灵敏反映、开拓激情、综合思维、负责勇气、推进能力、表率行为”六种素质，而且强化了战略决策、营销管理、统领全局、开拓创新和驾驭复杂局面的能力。他们将掌握到的理论知识和本领运用到具体工作实践中，积极对企业未来发展进行战略思考和研究，努力在发展中形成新思路，在改革中寻求新突破，在各项工作中体现新举措，促进了企业核心竞争力的不断提升。

加强烟草市场管理，提高控制管理能力。4 年来，在卷烟市场管理中，焦作市烟草专卖局（公司）始终坚持以“维护国家利益、维护消费者利益”为宗旨，充分利用新闻媒体、召开大会、印发通告、宣传单等多种形式和措施，大力宣传烟草专卖法律法规，有效提高了卷烟零售客户和广大人民群众执法守法的自觉性。在市政府领导和有关执法部门的积极配合支持下，烟草和工商部门联动，对卷烟市场进行综合整顿，分类治理。对从事卷烟经营活动的“四类型”（无证无照、无照有证、有证无照、有证有照）零售客户，城区按街道路段、乡（镇区）分村进行排查摸底，分类登记，建立档案；建立健全全市销区零售客户守法经营信息与零售客户违法经营处理登记在案信息库，随时查阅他们的经营状况；在全市城乡对辖区零售客户守法经营实行“五星级”（明星户、守法户、基本守法户、违规户、严重违规户）动态管理，对每户星级造册登记，定期考核验收；堵疏结合，“控大扶小”，严控和规范持证大户的经营行为，对订货数量、送货时间给予限制；帮扶弱势群体，在社区、乡镇民政部门协助下确定帮扶对象，建立档案，烟草和工商部门实行“一站式”服务，由客户经理、专卖管理员送证送照上门；在执法行政中，专门管理员对辖区每周3天巡查一次，稽查队和专门管理所联合每周2天检查一次，对重点区域每月进行一次拉网式检查，了解零售客户经营情况，随时掌握市场动态。通过整顿治理，2009年，全市销区重新办理证照2425户，依法取缔413户，从而净化了市场，切断了售假渠道，规范了卷烟市场经营秩序。与此同时，全市各级烟草和工商、公安等执法部门齐心协力，密切配合，端点破网，严厉打击非法运输和非法经营卷烟，共查处涉烟案件1205起，查获假冒违规卷烟201万支，为国家挽回经济损失98.6万元，保护了广大零售客户和消费者的合法权益。

开展优质服务，提升服务能力和水平。焦作市烟草专卖局（公司）始终坚持“客户至上，服务第一”方针，创新服务手段，不断提高卷烟零售客户的满意度、忠诚度。针对市场需求，建立健全与省内外卷烟工业公司、集团公司的沟通、衔接、协调工作机制，规范卷烟需求预测流程，按客户订单组织货源，适时购进本地对路卷烟，满足市场需求，提高了零售客户卷烟经营效益；针对“今日访销，明日送货”的卷烟物流模式，创新订货服务手段，座机（电话）、网上、手机免费订货三管齐下，互为补充，订货由原电话呼出转为电话呼入，使零售客户的意愿由被动变为主动，可在每日下午7点到次日早上8点，只要有手机信号的地方即可订货，不受地点时间限制，从而提高了订货效率，减少了订货差错，节约了订货时间；在交纳订单货款上，营销中心、订单部和配送中心操作配合默契，实施了电子结算在线划拨，方便快捷，有效提高零售客户资金周转率和安全性，缩短了资金占压时间；对零售客户提供亲情服务，强化了销售经营指导，以全市销区19个烟草专门管理所为基地，分期分批进行培训，印发《卷烟零售客户培训教材》，人手一册，提高了营销管理素质和能力；建立《零售客户卷烟经营动销台帐》，随时查阅分析经营状况，使零售客户准确预测其卷烟购进数量、品种、档次规格，有效提升了盈利水平；智能化规划配送线路，实行弹性送货，对全市销区城乡零售客户约时定点送货上门到柜台，使他们足不出户就能卖烟赚钱。该市局（公司）在省社会服务机构评价第三方零售客户综合满意度调查中荣获总评价第一名，“三员”（客户经理、电访员、专卖管理员）满意率均在98%以上。

开发应用卷烟物流3G信息系统，提高降低运行成本的能力。为提高卷烟销售网络建设水平，焦作市烟草专卖局（公司）针对卷烟物流管理中的“五难”，从2006年11月至2007年7月，组成开发应用团队，在地方科学技术信息研究院所和移动公司的协助下，经过8个多月奋斗努力，克服种种困难，开发出具有焦作市卷烟营销和市场管理特色的卷烟3G信息系统，成为一个上接省局（公司），下连各县（市、区）局（分公司），横贯“四员”的卷烟营销局域网络，使卷烟物流实现了仓储管理数字化、卷烟库存合理化、卷烟分拣包装电子化、配送线路智能化、车辆配载经济化、成本费用节约化的目标，全市形成高效、快捷的物流体系，有效地提升了卷烟物流管理水平，助推企业由传统商业向现代流通转变，降低了卷烟物流运行成本，提高了经济效益。2009年与2005年相比，全市卷烟销量、单箱销售收入、实现税利分别增加22.7%、59.4%、153.4%，年节约物流成本287万元。省局（公司）召开现场会，向全省烟草商业介绍了他们的经验。

4年来，焦作市烟草专卖局（公司）党组由于下力气抓好领导班子和成员的能力建设，显著提高了“一班人”的执行力、治企能力，创造了良好的经营业绩，经营销量、单箱销售收入、税利、资产总额由2005年的85658箱、6255元、7458万元和5934万元，增加到2009年的105074箱、9970元、18900万元和25954万元，企业实现了三大跨越，在规模上再造了三个“企业”。

（原载2010年6月25日《经济参考报》、2010年6月22日《新华网》、2010年6月14日《东方烟草报》）

怎样解决现代烟草农业生产雇工难服务收费贵的新探索

——河南省禹州市创建烟农综合服务合作社的调查

在现代烟草农业建设中，单家独户的传统烟叶生产组织形式发生变革，多类型种烟主体顺势涌现，进行适度规模种植，专业化生产。这些种烟主体靠自有劳动力生产忙不过来，需要雇工作业完成。目前在烟区农村，由于多种原因，烟叶生产雇用农工难，比较乱，而且劳动力价格不断攀升，服务收费贵，这都直接制约着现代烟草农业的发展。如何解决烟叶专业化生产与专业化社会服务滞后的矛盾，是一个重要而紧迫现实的课题。近年来，河南省禹州市在这方面探索出一条新路，这就是创建新型烟农综合服务合作社。

背景与做法

有近百年浓香型烤烟生产历史的河南省禹州市是豫中主产区之一。全市114万亩耕地有70多万亩适宜种烟，117万总人口有80%农村人口，全市有7个乡镇70个行政村种烟。自2000年以来，该市常年种烟面积5万亩左右，收购烟叶15万担上下，对口供应省内外3个工业企业的“利群”“黄果树”“黄金叶”3个卷烟品牌的烟叶原料。在现代烟草农业建设中，禹州市积极创新烟叶生产组织管理模式，先后发展种烟专业户1160户、家庭农场96个，烟叶生产合作社24个。这三种生产经营主体的种烟面积分别占全市种烟总面积的56%、32%和12%。近年来无论是种烟专业户户主、家庭农场场长还是烟叶生产合作社负责人都一致反映，现在烟叶生产雇工难，比较乱，劳动力价格越来越贵。范坡乡黄岗村种烟专业户娄书江说；“如今雇工到烟田干活要磨嘴皮子，中午管饭，每人一瓶啤酒（女工饮料），每天给工头一盒烟（5 元）红旗渠牌卷烟，打工工资现把现，当日收工现场现金付钱。”朱阁乡马坟村烟叶家庭农场场长白存西说；“这几年烟叶生产雇工工资由以前每人每天 20 元至 30 元，如今涨到了 50 元至 70 元，这无疑增加了烟叶生产成本。”

烟叶生产雇工难，雇工乱，劳动力价格贵和服务收费高的问题，引起禹州市委、市政府和烟草分公司的高度重视，组织有关部门和人员深入种烟乡镇进村入户调研有四个原因：一是随着我国工业化、城镇化建设的发展，烟区农村青壮年劳动力 80% 多外出打工、经商、从事服务业，出现农技人员、劳动力价格上涨，同时各种生活、生产资料价格上涨，也使劳动力价格上涨；二是党的惠民政策落实，农民承包土地权出租，每亩每年有七八元租金，国家粮食直补和综合补贴每亩每年 100 多元，进城务工的青壮年往家里送钱，留守在家的“386199”（妇女、儿童、老人）部队不指望到烟田打工挣钱糊口；三是烟叶生产劳动强度大，技术要求高，与其他农作物（小麦、玉米）生产相比，既脏又累，关键生产环节正值盛夏酷暑，天气热，温度高，不愿到烟田打工；四是农民打工很讲现实，很在乎在烟田打工挣钱与外出务工相比，从事建筑业、服务业或进工厂打工每月都在千元以上，有的 2000 多元，咋算账都觉得到烟田打工不实惠。这四种原因的产生，是烟叶专业化生产与专业化社会化服务滞后所致，特别是对专业化社会服务引导、组织和管理缺失有关。在这种情况下，禹州市烟农综合服务合作社应运而生。

在烟农综合服务合作社建设上，禹州市按照“政府引导、烟草扶持、专业服务、市场运作”的要求，以基地单元为依托，以种烟乡镇为单位，各村成立专业服务队。在整合原有各类专业社会服务组织的基础上，目前全市已建立烟农综合服务合作社 5 个，村成立育苗、机耕、植保、采收、烘烤、分级等社会化专业服务队 162 个，有队员 640 多人，为种烟专业户、家庭农场、烟叶生产合作社提供各生产环节的专业化服务，实现统一供种育苗供苗、统一机耕起垄、统一移栽盖膜、统一中耕锄草、统一打顶抑芽、统一采摘编杆、统一烘烤分级、统一技术指导、统一运输。

在专业化服务作业上，由烟农综合服务合作社统一组织管理。烟叶生产前，各种烟主体与合作社签订服务协议，明确服务时间、地点、方式、质量标准、服务费结算方式和付费时间，以及作业不合格违约责任。在专业化服务中，种烟主体、烟站技术员、村委主任共同按照《服务协议》要求，对各专业服务队作业过程进行监督；专业服务结束后，对服务结果进行验收确认。烟农综合服务合作社对专业服务队建立完善了管理制度、服务规范、考核办法和奖惩措施等。

意义和作用

有效解决了种烟主体生产雇工乱、雇工难，规范了专业服务和服务流程的问题。禹州市认真分析总结了以往民间自发组织人员服务烟叶生产的经验教训，制定出台了《禹州市烟农综合服务合作社专业化和收费章程》《烟叶生产社会化专业服务质量标准》，规范了烟叶生产雇工，平衡了专业服务收费标准。

在烟草农机具专业服务收费上，在市政府支持和烟草分公司指导监督下，根据烟草机具设备运行作业耗能、折旧维护费用和当地农机手劳动力价格，合理测算出专业服务收费价格标准；机耕机耙每亩平原 50 元，丘岗 55 元，机耕起垄每亩 25 元，中耕锄草培土每亩 30 元。

在生产雇工工资价格上，根据烟叶生产各环节当日人均作业量、劳动强度、技术含量，并参照当地其他农作物生产雇工和技术工种现行劳动力价格平均水平，综合测算出烟叶生产雇工价格标准；移栽、打顶抑芽、植保、分级每人每天 40 元；采摘编杆每人每天 60 元，当日收工，现场以现金付清；烘烤每人每天 70 元，按炕现金付清。

以上两种收费价格标准，都由烟农综合服务合作社成员代表大会和烟叶生产主体、烟草部门共同讨论决定，并报市相关部门登记备案，在服务烟区村组张榜公布，接受社会监督，从而使全市烟区烟叶生产雇工和专业化服务收费一个价格。烟农综合服务合作社制定服务规范、作业工作考核办法，明文规定所有职业服务队都不能随意压价，以免损害社内成员的共同利益。也不能随意抬价，加大各烟叶生产主体的生产成本，搞服务要细水长流，不能坑人。如今在烟叶生产中，种烟主体需要专业服务和用工时，一个电话，专业服务队就能按约定时间到烟田作业。

说起烟农综合服务合作社的好处，范坡乡下坡村种烟专业户贾进举说："现在俺种烟用工方便，机耕起垄有农机服务队，育苗供苗有育苗服务队，防病治虫有植保队，烘烤有烘烤服务队，只要按技术员的指导，精心种好地里的烟，其他的事都不用自己操心，省力省事了。"

提高了烟叶集约化生产水平。禹州市在烟农综合服务合作社建设中，通过整合烟叶生产要素社会资源，运用市场化运作手段，以村为单位，将一家一户原有的生产技术人才、劳动力、各类农机具进行优化组合，根据农民意愿、技术特长、性别年龄、身体状况、农机具性能成立烟叶生产各环节专业服务队，民主选举专业服务队队长，负责对专业户、家庭农场、生产合作社进行专业化服务，使松散型生产变为集约化专业服务，从而实现了"四个转变"：即由单户育苗向工场化育苗转变，由单户分散人畜作业向机械耕作转变，由单户防病治虫向统一植保转变，由单户烘烤向工场化烘烤转变，既提高了生产效率，又实现了对烟叶生产的精细化、标准化管理，有效解决了烟叶生产政府"统"不了、烟草部门"包"不了、一家一户"干"不了的诸多问题，加速了烟叶生产专业化进程。

提升了烟叶生产服务质量水平。烟叶生产环节多，周期长，技术要求高，专业性强，全生产过程都有种烟主体矛盾，据此，禹州市积极主动地转变烟叶生产传统思想观念，将以行政手段组织生产转变为以市场手段引导服务生产，把市场能够做的事情交给市场去做，对育苗、整地、植保、烘烤、分级和运输从生产环节中分离出来，形成新的社会分工，走烟叶生产专业化服务之路，积极扶持培育烟叶生产社会化服务组织，实现了社会化专业服务配套，既大大提高了烟叶生产专业化水平，减少了劳动力成本，又降低了烟农劳动强度，轻松种烟。

促进了烟区农村分工分业。在烟农综合服务合作社建设中，被整合优化到各专业服务队的农民，成为烟叶生产各环节的“专业工人”。他们中的一部分成为移栽盖膜、中耕锄草、平顶抑芽、采收编杆等生产环节的职业烟农；另一部分成为专门从事育苗、机耕、植保、烘烤、分级等专业技术员，从此使他们摆脱了传统烟叶生产的束缚，成为现代烟草农业的“职业农民”。在烟叶专业化服务中，烟区农村的人际关系也发生潜移默化的变化，种烟主体在生产中用不着请工、帮工、换工了。实行专业化分工后，烟农不用整天拴在烟田里，非烟叶生产季节可为其他农作物生产提供服务，或搞副业，增加收入。

促进了优良品种、漂浮育苗、平衡施肥、病虫害综合防治、成熟采收、三段式烘烤等烟叶生产先进适用技术集成，增强了烟叶生产技术员对各生产环节的技术控制与管理，有效解决了育苗、机耕烘烤分级一家一户难以解决的技术难题。

启示和思考

烟叶专业化社会服务是对烟叶专业化生产的有力支持。烟叶专业化生产，是卷烟上水平原料保障供应的有效组织形式。目前，烟区创新烟叶生产组织管理形式，涌现出的各类种烟主体进行专业化生产，与传统烟草农业生产相比，服务方式和服务对象发生了深刻变化，出现了专业化社会服务滞后的问题。在现代烟草农业建设中，从政策和制度上研究探索与烟叶专业化生产配套的专业化社会服务组织，切实维护种烟主体的利益，是摆在政府和烟草公司面前的一个重大课题。禹州市成立烟农综合服务合作社，从当地烟区实际出发，解决了雇工难、雇工乱，平衡规范了服务收费贵的问题，使种烟主体在烟叶生产中雇工随叫随到，服务收费公开合理，出发点好，操作性强，效果显著，具有较强的借鉴意义。

建立完善烟农综合服务合作社运行机制。推进烟农综合服务合作社运作，积极探索烟叶专业化生产实行专业化社会服务的新思想，是烟叶集约生产经营的创新实践。需要突出的是，市场运作，有偿服务，自我积累，自我发展，应该成为合作社的发展方向。随着合作社制度的不断完善成熟，在合作社运营中应逐步摆脱行政干预，使其完全独立运作经营管理，更加有效地对各类种烟主体开展专业化社会服务，满足生产需要。提高合作社专业服务运作市场化水平，需要培育称职的种烟主体、领头人，提高合作社专业服务人员的服务意识、生产技能素质，以适应烟叶专业化生产。

加强对烟农综合服务合作社规范引导和政策扶持。以烟叶生产资料要素联合为特点的烟农综合服务合作社，是以专业化社会服务生产为目的的组织制度创新。作为一种新型烟农综合服务合作社，需要烟区政府给予政策扶持、烟草公司给予技术资金指导补贴，否则它将难以生存和发展。应认真贯彻中央关于发展农民专业合作社组织的精神，落实国家烟草专卖局关于发展烟农综合服务合作社的决策部署，在贷款、资金、税收、工商注册、科技、舆论等方面对合作社给予扶持和引导。当地烟区政府、烟草公司在合作社发展过程中，应坚持把烟叶生产的农机具、劳务人群、技术人才等社会要素资源科学规划配置，建立完善的专业化社会服务体系，配套服务种烟主体进行专业化生产，切实保障各方利益。

提升现代烟草农业机械机具装备水平。烟草农机具是建设现代烟草农业的物质技术基础。以先进适用的农机具装备现代烟草农业的目的在于改善烟叶生产条件，实现人工不能达到的现代农艺技术要求，提高烟叶生产技术水平和劳动效率。禹州市烟草分公司经理王钝说："近年来，在社会化农机专业服务组织建设中，从我市烟农综合服务合作社购置的农机具作业情况看，育苗、耕地起垄、中耕培土、植保和烘烤等机具好使用，作业快，效率高，省时省力，而烟田施肥起垄一体机，硫酸钾面肥在漏斗里很快砘瓷结块夹肥不下，铁制编烟机装炕烘烤后掉烟不能用、拔烟机链条夹烟杈和杂草被堵难排除、烟田挖坑施肥机刨坑小施肥浅不好用。”据此农机具生产厂家、农机具科研部门、烟草栽培专家、烟草公司要联合攻关，攻克烟草农机具作业中出现的各类故障难题，研发出经济适用的新型烟草农机具，不断提升烟叶机械化生产水平。烟叶生产季节性强，烟草农机具使用时间有限，耕地起垄、移栽覆膜仅有20来天，应研发出烟草和其他农作物生产多功能通用的农机具，从而提高利用效率，力避长时间闲置和日常管护负担。应抓好农机服务组织领头人和农机手的学习培训，定期举办农机水平驾驶和职业技能培训，不断提高他们的服务意识和操作技能，确保服务质量。

（本文与苏新宏合作，原载2011年5月1日第9期《中国烟草》、2011年3月3日《东方烟草报》）

政府重视　烟草支持　村委搭台　烟农唱戏

——临颍县大力推进现代烟草农业建设的调查

河南省临颍县是豫中烤烟主产区之一。所产烤烟颜色桔黄，组织疏松，油分足，色泽浓，内在化学成分协调，吃味醇和，香气浓郁，是烟草专家认定和历史上公认的典型浓香型特色风格的代表。早在20世纪40年代就以色、香、味享誉全国，深受卷烟工业青睐。

临颍县属暖温带季风气候。气候温和，雨量适中，土壤质地良好，多为黄潮土，具有生产特色风格优质烤烟得天独厚的自然条件。全县有耕地78万亩，其中52万亩适宜种植烤烟。经多年发展，种植面积不断扩大，党的十一届三中全会后，种植面积突破11万亩，成为全县农业生产的主要经济作物。

临颍县1917年开始种植烤烟。近百年来，全县烤烟生产一直都是千家万户种烟、烤烟、卖烟的小农生产经营方式。这种“分户种植、松散经营”的传统方式制约着全县烤烟生产持续稳定发展。

优质特色烟叶原料是发展中式卷烟的基础。在新形势下，如何改变传统的烤烟生产方式，保障中式卷烟优质特色烟叶原料的供应？国家烟草专卖局审时度势，为应对新形势，果断地提出了协调发展浓香型特色烟叶生产，实施传统烟草农业向现代烟草农业转变的战略决策。

临颍县委、县政府和县烟草专卖局（分公司）先后召开专门会议，认真学习，领会精神实质，研究制定落实措施。按照现代烟草农业“一基四化”的总体要求，以村为单位进行，紧密结合本县实际，提出了“政府重视，烟草扶持，村委搭台，烟农唱戏”的建设思路。2007年以来，临颍县大力开展烟叶生产基础设施配套建设，创新生产组织模式，建立社会化专业服务组织，推广普及先进适用集成新技术，大大提高了全县烤烟生产整体水平，探索出一条富有老烟区地方特色的现代烟草农业建设之路。

临颍县大力推进现代烟草农业建设，有效地提高了生产效率，把广大烟农从繁重的体力劳动中解放出来，促进了全县烤烟生产整体水平的提高，实现了烟农增收，县财政增税，烟草企业增效，保证了“中华”“长白山”等骨干牌的“定向、定量、可用”的优质特色烤烟原料供应。

2009年，与非现代烟草农业相比，烤烟亩均单产、产值、税收、利润、上等烟分别增长10.6%、69.2%、105.8%、112.2%和6.4%。有关烟草专家、省局和工业企业领导先后进行调研，对临颍县现代烟草农业建设给予了充分肯定和高度评价。

在全县烟叶生产工作会议上，副县长王宏丽说：“在现代烟草农业建设中，烟草公司把一家一户的农民组织起来，优化了资源配置，实现了规模化种植，集约化经营，专业化服务，降低了生产成本，推动了传统烟草农业向现代烟草农业的转变，有力地推进了农村生产关系的变革，为全县探索出与现代农业相适应的生产关系提供了借鉴。

政府重视　纳入大农业体系通盘规划建设

临颍县是个传统农业大县，烤烟是全县农业主要经济作物。近年来，这个县常年计划种植烤烟面积4万亩左右，收购烤烟12万担上下，担负着上海烟草（集团）有限责任公司、吉林烟草工业有限责任公司、河南中烟工业有限责任公司定牌、定量烤烟原料供应。烤烟生产既是县财政收入来源之一，年上缴烟叶税近2000万元，也是烟农脱贫致富的“摇钱树”。

搞好现代烟草农业建设，领导重视是关键。临颍县委、县政府把烤烟生产作为全县农业的重要组成部分，摆在突出位置，确立了“近抓现代烟草农业发展解决当前，远抓工业发展保证长远”的县域经济发展思路，制定了《临颍县现代烟草农业建设规划》。每年初，都安排部署当年现代烟草农业建设工作，做到年度建设工作计划早下达，部署措施早落实，技术人员早就位，生产物资早供应。县委、县政府主要领导每逢农业工作会议必讲现代烟草农业建设，并定期召开专题会议，汇报建设情况，查找分析存在问题原因，制定具体解决措施，督察落实情况。同时，强化各级领导责任，明文规定，县长、乡镇长、村委会主任是现代烟草农业建设第一责任人，主管副职是主要责任人，由县烟办统一组织协调；烟草、水利、农业、国土资源、电业等相关部门分工负责，全县上下联动，密切配合，形成政府领导，部门参与，一级抓一级，层层抓落实的建设工作机制。

为保证现代烟草农业建设质量，临颍县建立健全规章制度，每季度召开一次现代烟草农业建设“三级”（县、乡镇、村）调度例会制度，及时把脉，解决问题，使全县现代烟草农业建设稳步推进。他们采取多种措施，深入宣传现代烟草农业建设的政策措施，使广大干部和烟农改变观念，认清形势，积极主动地投身到建设中。

在现代烟草农业建设中，临颍县实行目标管理责任制。他们把现代烟草农业建设任务目标纳入县、乡镇、村和烟草公司干部责任目标管理，作为政绩考核的一项重要内容，兑现奖惩。目前，县委、县政府主要领导都对全县现代烟草农业了如指掌，不少乡镇村干部因抓现代烟草农业建设有功受到表彰奖励。

临颍县在资金物资上向现代烟草农业建设倾斜。县对流转土地 500 亩以上，租期 5 年以上，每亩补贴资金 100 元；经工商部门注册登记的烟叶生产合作社补贴 2 万元；对种烟专业户、家庭农场、烟叶生产合作社，每年安排一定额度的农业信贷资金，解决季节性、临时性所需生产经营资金不足，并在农业保险上作为重点参保对象；优先安排供应物资，优先安排烟叶生产基础设施建设项目，优先组织科技服务。

开展基础设施配套建设　改善烟区生产条件

20 世纪七八十年代，临颍县农田修建的灌溉、排涝闸桥涵、排涝沟渠、机井都年久失修、淤塞，机井与水泵不配套，多数不能使用，普通烤房设施人工操作，眼看手摸，容量小，机械化水平低，生产经营信息不畅，防雹减灾设施缺腿，一直制约着全县烟叶生产稳定发展。

烤烟生产基础设施综合配套，是现代烟草农业建设的重要标志。临颍县紧密结合本县实际，在科学规划基本烟田 8 万亩，建立以烟为主耕作制度的基础上，遵照国家烟草专卖局“围绕基本烟田作规划，依托水资源定项目，因地制宜选类型”的原则，根据“整体规划，符合需要，方便烟农”的要求，按照自然规律办事，大力开展烤烟生产基础设施建设。近年来，全县先后累计投入资金 8600 万元，修缮清淤老机井 947 眼，新打机井 220 眼，配套机电泵 1167 台；清淤疏通加固和新开挖排洪渠 86 条，全长 142 公里，修复排洪闸、小桥涵 18 座；疏通治理和新开挖支、斗灌溉渠 62 条，全长 89 公里；铺设管网 126 公里；改造和新修烟田砂石路 92 条，全长 186 公里，架设过路涵（管）268 架（段）；路相通，沟渠相连，井配套，烟水配套面积 8 万亩；在电力部门的配合下，架埋烟田、烘烤场区用电线路 84 千米，购置安装变压器 124 台，有效保证了全县烤烟生产用电；以购置农业通用机械为基础，配套机耕机耙、起垄挖穴施肥、覆膜、中耕培土等烟草专用机械 324 台（套）；建成密集烤房 2120 座，完善辅属设施；在烟叶生产经营信息化建设上，购置配备微机 64 台，气象预警信息机、预警接收机 24 台，烟农远程教育和烟农信息终端设备，推行行业烟叶生产基础软件和烘烤自动控制软件，在烟叶生产经营中实现块、线、点信息化网络管理对各种烟叶生产组织、专业化社会服务组织进行内部微机管理。

近年来，临颍县已建成的烟叶生产基础设施运行实践结果表明，效果良好，烟田水利化、生产机械化、生产经营管理信息化、烘烤加工现代化水平明显提高，大大改善了烟区生产环境条件，提高了抵御自然灾害能力，为推进现代烟草农业建设奠定了物质基础。

创建新型社会化服务组织，提升服务质量水平

烟叶生产专业化分工，社会化服务是现代烟草农业建设的重要标

志。烟叶生产有几十个环节，技术要求高，哪个环节出了差错，就会给你“一票否决”。多年来，千家万户都种烟卖烟，各顾自家生产，生产忙不过来时，就请亲朋好友帮忙，有的相互“换工”料理。这种传统的小农经济生产方式已经不适应现代烟草农业的发展。

改革烟草农业生产关系和人际关系，把“亲情化”变为市场化，让劳动力这个生产要素变为“商品”进入市场，在烟叶生产中有偿使用，是搞好烟叶生产专业化分工的突破口。临颍县在认真总结传统烟叶生产经验教训的基础上，按照“两头工场化，中间专业化”要求，解放思想，积极探索创新烟叶生产用工模式，建立社会化服务组织，打造一支专业化服务队伍，为烟叶生产提供全方位、专业化、商品化服务，正成为他们发展现代烟草农业的共识。

3 年来，临颍县改新思维，转变观念，把市场能够做的事情交给市场，将育苗、植保、采收、烘烤、分级扎把等环节从生产中分离出来，形成新的社会分工，走专业化服务生产之路。他们将农户分散的各类农机具、专业技术人才资源、劳务人群等生产要素组织起来，成立各类社会化专业服务组织，定向为烟叶生产经营服务。目前，全县以乡镇、村为单元，先后成立机耕专业服务队 17 个，育苗专业队 16 个，植保专业队 17 个，田间管理服务队 21 个，烘烤专业队 33 个，分级扎把专业队 15 个。各类专业服务队，采用村民大会的形式民主选举队长。队长根据农民意愿、技术特长、身体状况进行优化组合，合理分工，进行专业化服务，精细化管理。在烟叶生产中，合作社对烟叶生产主体实行“六统一服务”，统一育苗供苗，统一机耕起垄，统一植保，统一采收，统一烘烤，统一分级扎把，既提高了烟叶生产集约化水平，又提升了生产效率。

为规范烟叶生产专业化服务，临颍县研究制定《烟叶生产社会化专业服务章程》《社会化专业服务质量标准》。各专业服务队与生产经营主体签订专业服务协议合同，约定服务项目。作业后，由乡镇烟办和烟站组织考核验收，结果与服务收费挂钩，奖惩兑现。在烟叶生产经营中，各生产经营主体需要用工时，可向专业服务队挂号登记，一个电话或手机信息，专业队就能按约定的时间、地点赶到现场作业。这种专业化服务，取得了服务主体满意，企业得利，社会有利的良好效果。

创新生产组织形式　发展适度规模种植

烟叶适度规模种植生产是发展现代烟草农业的必由之路。临颍县在总结以往民间土地流转经验教训的基础上，紧密结合本地实际，积极推广两种土地流转模式。一是集中租赁，再“反租倒包”的土地流转模式。以村为单元，对规划界定的基本烟田，村委会以村规民约的形式，与农户协商同意，统一进行集中租赁，租期 5 年，每亩年租金 800 斤小麦，按市场价折算付给；对一些不愿出租承包田的农户，村委会出面调整，以基本烟田规划区外的农户承包田进行互换；村委会再将集中租赁的土地，以同租期、同租价转租给种烟专业户和家庭农场。二是股份合作土地流转。农户相互自愿协商，将土地承包经营权作价入股，组建股份制烟叶生产合作社，进行适度规模种植生产。这两种土地流转方式，有效提高了全县烟区土地资源使用效率，为专业化、机械化烟叶生产奠定了基础。

近年来，临颍县通过“依法、自愿、有偿”的土地流转，烟叶生产实现了适度规模化种植经营，发展种烟专业户 2309 户，种植面积 26907 亩；家庭农场 103 个，种植面积 6300 亩；烟叶生产合作社 8 个，入社烟农 126 户，吸纳资金 140 多万元，种植面积 1803 亩。这三种种烟主体的种烟面积分别占全县种烟总面积的 76.18%、18.53%、5.29%。

临颍县这三种新型种烟主体，是农民群众适应千变万化烟草市场的创新之举，保障了烟叶计划种植面积落实，收购量稳定，彻底改变了“分散种植，粗放经营，人畜作业”的小农经济生产方式，有效解决了政府“统”不了，烟草部门“包”不了，单门独户“干”不了烟叶生产的诸多难题，加速了现代烟草农业专业化、市场化、现代化的进程。

创新教育培训机制　提高新型烟农素质

烟农是建设现代烟草农业的主体。他们生活在烟区，对烟叶生产最有发言权。只有大力挖掘烟农的潜力，激发活力，才能使其成为现代烟草农业建设的主体。

近年来，随着我国城镇化、工业化的发展，农村青壮年大都外出务工，村里基本没有纯农户，普遍兼业化。发展现代烟草农业，“3860”（妇女、老人）部队顶不住，必须发展培育新型烟农。种烟只有成为烟农自己的家业，才能一心扑在烟田上，烟叶生产只有成为烟农自己的职业，才能专心搞好烟叶生产。

临颍县在现代烟草农业建设中，随着各类新型烟叶生产主体大量涌现，传统烟草农业开始分工分业，新一代职业烟农应运而生。在烟田打工的农民，实现了进一步分工，他们中的一部分成为育苗、移栽、大田管理、采收编杆等生产环节的职业农民。另一部分则专门从事农机、植保、烘烤、分级等专业技术工作，成为懂技术、有专长的农机手和烟叶生产技术员。尤其是一批成为各类烟叶生产组织的领头人、管理者。

为提高现代烟草农业建设质量，临颍县加大对烟区农村人力资源开发投入，采取多渠道、多层次、多形式进行教育培训，提高新型烟农素质。在培训层次上，对种烟专业户主、家庭农场场长、合作社社长和各类服务队管理人员进行分批分期教育学习，提高相关人员组织领导管理能力，懂得烟草专卖法律法规，了解烟草市场行情动态；组织各生产环节职业烟农、农民技术员学习文化、科技和烟叶生产管理能力，提高文化、科技素质和服务技能水平；在培训方式上，充分利用村烟农夜校，请有理论知识又有生产实践经验的技术员任教；充分利用广播、电视新闻媒体，开展烟叶生产技术讲座；邀请烟草专家、教授讲学，到烟田现场传授技术；请工业企业配方师讲解卷烟需要的烟叶质量标准，明确烟叶生产导向；“听看”双管齐下，既能听，又能看，先授课后发资料，通过口语教学和实物演示来强化巩固烟农的逻辑记忆与形象记忆；编印

《烟叶生产实用技术手册》2.6万册，烟农人手一册；每座烤房张贴一张《烟叶三段式烘烤工艺图表》，边烤边对照；张贴烟草病虫害防治挂图，使烟农识别病虫害，掌握防治技术；课堂教育与现场教育相结合，农闲时，以课堂讲授科技知识为主；农忙时，以田间传授生产技术为主。

3年来，临颍县通过上述措施对新型烟农进行教育培训，累计举办各类培训班、讲座260多期、场次，培训各类新型种烟主体和管理人员1920多人次，培训职业烟农24600人次，大大提高了他们的组织领导、协调管理、业务技能和生产技术水平。从此，沿袭数千年传统含义的农民，在现代烟草农业中，已成为非社会等级、非身份，而且是一种新兴的职业——新型烟农。

（本文与苏新宏合作，原载2011年8月10日《东方烟草报》）

配套基础设施　创新组织模式
完善服务体系　推行信息管理

——襄城县整县推进现代烟草农业建设的调查

河南省襄城县位于伏牛山脉东端地带，与美国弗吉尼亚州世界著名优质烤烟产区一样，处于北纬34°左右。这里是大陆性季风气候，水土光热资源得天独厚，生产浓香型特色优质烟叶优势明显。所产烤烟，吃味醇厚，香气浓郁，劲头适中，燃烧性好，内在化学成分协调，是烟草专家和历史上行业公认的典型浓香型特色风格烤烟的代表。

有近百年烤烟生产历史的襄城县，是全国优质烤烟生产基地县之一。在全县83万亩耕地中有70余万亩适宜种植烤烟。近年来，该县常年种植烤烟面积10万亩左右，收购烤烟30万担上下，不仅对口供应省内外工业企业“中华”“云烟”“黄金叶”“长白山”等卷烟品牌，也是全县地方财政税收、烟农家庭收入的重要来源。

2010年，襄城县被国家烟草专卖局列入全国32个整县推进现代烟草农业示范县单位之一。该县县委、县政府紧紧抓住这一历史机遇，围绕“一基四化”要求，以工业企业卷烟品牌烟叶原料需求为导向，突出浓香型特色，积极实施烟草农业优势资源转换战略，推广全县“一乡十村”现代烟草农业试点经验，精心设计，单元实施，综合配套基础设施，创新生产组织管理形式，健全专业化社会服务组织，推广应用集成先进适用技术，推进信息化建设，大大提高了全县烟叶生产整体水平，走出了一条具有襄城县地方特色的现代烟草农业建设的路子。

1年来，襄城县现代烟草农业建设取得了明显成效，大大提高了烟叶生产综合生产能力，烟叶质量明显提高。2010年，签订合同面积5.1万亩，收购烟叶17.1万担，上等烟占47.9%，上中等烟占95.4%，亩均单产 167.6 公斤，亩均产值 2653.1 元。与传统农业相比，上中等烟、亩均单产、亩均产值分别增长 4.2、7.3、7.6 个百分点，亩均用工减少 10.6 个，亩均减少生产成本 270.8 元。同时，社会效益显著，烟农亩均增收 188 元，实现烟叶税 2977 万元，烟草分公司实现利润 8867 万元，实现了烟农、政府、商业企业、工业企业四满意。

综合配套基础设施建设　提高综合生产能力

烟叶生产基础设施是现代烟草农业建设的物质基础。基本烟田是烟叶生产基础设施建设的前提条件。襄城县在对原有基本烟田重新调整布局规划的基础上，在自然条件适宜、烟农种烟积极性高、土壤条件好，有发展潜力的 15 个乡镇 275 个村规划基本烟田 25 万亩，并确定基本烟田片区，登记造册，统一编号，GPS 定位，建立基本烟田档案信息库，制作保护牌，注明保护措施，明确县、乡镇、村各级和烟农的管护责任，建立以烟为主的耕作制度，杜绝施用禁用农药，不准种植茄科、葫芦科作物，为基本烟田营造良好的生态环境。

搞好烟叶生产基础设施建设规划是关键。遵照国家烟草专卖局关于“围绕基本烟田作规划”原则和“综合配套建设”要求，围绕全县 25 万亩基本烟田，全面规划设计烟叶基础设施建设，完善升级提高原有项目，新增工程突出综合配套。如在烟水工程项目规划上，扩建水源工程，发展小型集雨蓄水和应急水源，重点完善排灌干支渠电井、泵站等配套设施；对烟区道路建设规划，以基地单元为基础，在通村公路较为完善、连片基本烟田 400 亩以上的烟区建设交通路，重点建设种烟专业户、家庭农场、烟叶生产合作社所在烟区的机耕路。

2005—2010 年，襄城县在农业、水利等 8 局委配合支持下，5 年来累计投入烟叶生产基础设施建设专项资金 25177 万元，共建提灌站 23 座，小塘坝 2 座；修缮清淤老机井和新打机井 3233 眼，配套电泵 3233 台；修复和新建排灌水洪闸、小桥、涵 862 座；疏通加固主干渠 15 条，新开挖Ⅰ型支渠和排灌沟渠 40 条，总长 95.5 公里；铺设管网 74 条，总长 195. 8 公里；维修改进原有、新建烟田机耕路 157 条，总长 574 公里；新建单体育苗大棚 130 座，温室育苗工场 17 处，供苗烟田面积 10. 6 万亩；改扩建和新建密集烤房 212 片，烤房 5370 座，烘烤工场 17 处；按百亩烟田机械动力保有量标准，购置通用机械 299 台（套），烟草专用农机具 619 台（套），烟叶生产综合机械化作业率达 60% 以上；对全县烟叶生产收购站点进行整合优化，升级改造和新建 5 个烟叶工作站，配套 25 条收购线，可满足年 30 万担烟叶需要；建立健全种烟风险防范互助和商业保险机制；购置配备气象预警信息管理机、接收机 300 台，建立 10 个固定防雹增雨作业站，及时发布气象预报信息，防雹网络覆盖率 100%，大大提升了旱涝保收基本烟田的建设水平。

目前，襄城县烟区投入使用的 7923 项“八大基础设施”运行实践表明，大大改善了烟区生产条件，增强了抵御自然灾害能力，提高了烟草农业水利化、机械化和烘烤设施现代化水平，提升了综合生产能力，为先进生产要素的投入奠定了基础平台。

创新生产组织管理模式　提高规模化种植水平

土地适度规模是烟叶生产规模化种植的有效载体。在现代烟草农业建设中，转变传统小农经济烟叶生产方式的前提条件是实现土地适度集中经营。2009 年以前，该县烟区的烟农自发出租、转让土地承包经营使用权，适度集中种烟，也随之出现了租期、租金诸多矛盾。临颍县经组织人员深入调研认为，土地流转户与承租户之间产生矛盾的主要原因是，土地自发流转无序，监管缺失，农民权益得不到保证。但土地出租转让流转，向种烟专业户集中，规模化生产，为土地集中经营指明了方向。

为规范土地流转，襄城县切实强化政府服务功能，成立农村土地流转工作领导小组，下设办公室组织协调；乡镇政府设立农村土地流转工作服务中心，制定土地流转登记管理制度，建立档案，发布信息，监管合同签订，调解仲裁，解决矛盾；村有土地流转工作站，村委会会计任信息员，负责收集登记土地流转户与承租种烟主体双方信息，全县上下形成管理服务体系。同时，遵照“依法、自愿、有偿”的原则，制定《襄城县农村流转管理办法》，明确规定了土地流转的原则、形式、期限、法律责任、各方权利义务和纠纷处理办法；理顺了农村土地流转交易程序，全县统一印发纸质文本，所有手续在乡镇土地流转工作服务中心完成，从而使农村土地流转实现了规范化、法制化。

1 年多来，襄城县通过土地流转，目前已发展种烟专业户 1778 个、家庭农场 202 个、烟农合作社 44 个，其种烟面积分别占全县种烟总面积的 56%、18%、9%。这 3 种烟叶生产主体与县烟草分公司签订年度种烟面积和交售计划合同，自行组织生产。

襄城县创新烟叶生产组织管理模式，有效提高了烟叶生产组织化程度，彻底改变了千家万户都种烟的小农经济生产方式，加速了烟叶专业化生产进程，为现代烟草农业建设奠定了组织管理基础。

建立专业化社会服务组织　提升集约化生产经营水平

烟叶生产专业化社会服务是现代烟草农业的重要标志。近年来，襄城县多种新型种烟主体靠自有劳动力搞生产经营撑不住，需要雇工完成。但是，雇工难、用工贵困扰着他们。针对烟叶生产专业化社会服务滞后这一问题，他们积极从政策和制度上进行探索，尝试创建新型烟农综合服务合作社。

为搞好烟农综合服务合作社建设，襄城县在认真总结以往民间自发互助、换工进行烟叶生产经验教训的基础上，遵照“民办、民管、民受益”的原则，制定出台《襄城县关于建立烟农综合服务合作社设施意见》，明确规定了合作社建设的原则、注意事项、目标任务。根据“政府引导，烟草扶持，专业服务，市场运作”的要求，以基地单元为依托，乡镇建立烟农综合服务合作社，下辖村成立专业化服务队。1 年多来，该县紧密结合本地烟区劳动力资源实际，在整合民间各类烟叶生产服务组织的基础上，建立烟农综合服务合作社 8 个，成立育苗、农机、植保、烘烤、分级等专业化服务队 168 个，队员 980 多人，形成了专业化社会服务体系。

烟农综合服务合作社建立健全人员管理、学习培训、安全管理制度和工效考核办法、奖惩措施。在专业服务价格管理监督上，农机作业服务收费，由作业能耗、折旧维护费和当地农机手劳动力价格等测算出亩作业收费价格标准；烟叶生产雇工作业收费，根据各生产环节当日人均作业量、劳动强度、技术含量，参照当地其他农作物雇工与技术工种现行劳动力价格平均水平，由合作社成员代表大会、烟叶生产主体、烟草分公司共同讨论决定，并报县有关部门登记备案，在服务烟区村组张榜公布，接受社会监督。

为提高烟叶生产服务质量水平，在乡镇政府烟办指导下，烟农综合服务合作社制定《烟叶生产专业化社会服务章程》《烟叶生产专业化社会服务工作质量标准》，严格规范了专业化服务流程、作业质量和收费标准。在乡镇烟叶工作站监督下，合作社与各类烟叶生产主体签订年度服务合同，明确服务时间、地点、方式、质量、收费标准及违约责任。在烟叶生产中，合作社对烟叶生产主体实行“六统一服务”，统一育苗、统一机耕、统一植保、统一采收、统一烘烤、统一分级，有效促进了烟叶生产技术标准化、劳动过程机械化、业务操作专业化。专业化服务结束后，由烟叶工作站组织烟叶生产主体、合作社和专业服务队队员代表共同对服务结果考核验收确认。如今，在烟叶生产季节，烟叶生产主体需要专业服务时，一个电话或发手机短信，专业服务队就能按约定时间到烟田作业，再也不用劳神操心了。

推进信息化建设　提升现代化管理水平

在现代烟草农业建设中，襄城县把烟叶生产经营信息化建设作为发展现代烟草农业的重大举措来抓。遵照“全流程，全覆盖”的原则，根据“统一标准，统一平台，统一数据库，统一网络”的要求，以国家局烟叶生产基础管理软件为基础，对现有烟叶生产经营软件进行升级改造。在当地电信、联通、移动等单位协助下，研发出烟叶生产经营信息综合管理系统，建立了县、乡镇、村、烟叶生产主体和专业化社会服务主体四级信息网络；整合涉及烟草农业和有关信息资源，实现了横向与农业、水利、气象等县直8局委互联互通；并开发出烟叶生产基础设施项目信息管理系统，从而实现了育苗、烘烤、在线支付、专家平台、物资管理等烟叶生产全过程信息化管理。

在烟叶生产经营信息化建设中，襄城县注重抓了三个方面。一是信息管理硬件建设。县烟草分公司为信息管理中心、乡镇烟叶工作站等8单位和个人购置微机、电子收购设备、气象预警信息管理机等信息设备设施280多台（套）。使烟叶生产经营基本信息收集传输有了载体，实现了全县乡镇烟叶工作站、育苗工场、烘烤工场信息网络连通率100%。二是烟叶生产信息软件建设。通过建立完善基本烟田、基础设施、烟叶生产和烟叶质量基本信息数据库建立与对口工业企业、技术依托单位信息资源共享平台，提高了烟叶生产经营基础信息利用率和资源配置效率。三是信息化工作队伍建设。县烟草分公司对公司信息管理中心、乡镇烟叶工作站、种烟村、烟叶生产主体选配信息管理干部和信息员280多人，全县上下形成信息管理组织体系。通过举办培训班、请专家讲课，学习信息化管理知识和业务技能，有效增强了信息管理干部的组织管理能力，提高了信息员的业务素质和工作技能，全县逐步建立了一支责任心强、业务素质高的烟叶生产经营信息化工作队伍。

襄城县积极构建烟叶生产经营信息综合服务平台。根据“着眼于需求，着眼于服务，着眼于成效”的原则，大力实施“四电合一”（电话、电视、电台、电脑）工程。通过固定电话，定期和烟叶生产主体联系，进行技术指导，收集烟叶生产经营信息，帮助分析生产中遇到问题的原因，提出解决问题的办法措施；与县电视台、广播电台合作，将烟叶生产经营形势、烟草政策法规、浓香型特色优质烟叶生产技术及市场供求信息传播到烟区千家万户；通过电脑、手机，将烟叶生产收购信息、烟叶等级标准与烟叶生产主体进行双向交流，还发布日常气象信息，提醒烟叶生产主体及时安排生产。这四种信息载体有机结合，优势互补，互联互动，以方便快捷的方式为烟叶生产经营提供信息服务。

襄城县通过完善信息化网络建设，实现对基本烟田规划、合同签订、育苗移栽、防病植保、采收烘烤、收购调拨、电子结算等生产环节的信息集成管理，大大推进了烟叶生产经营现代化。

推广应用先进适用技术　全面提升生产技术水平

在现代烟草农业建设中，襄城县通过人力、技术资源优化整合，选拔32名烟叶生产技术骨干到15个乡镇烟叶工作站任职，坚持“责权利”相统一，采取多种形式提高组织领导能力和技术水平，培养一支进村入户是烟草政策法规宣传员、生产组织发动是“行政干部”、下田指导是技术员、挑拣分级是验级员、深受烟农欢迎的技术员队伍；在科技推广服务上，实行县烟草分公司、对口工业企业、技术依托单位三结合。对口工业企业提出浓香型特色优质烟叶技术要求，技术依托单位、县烟草分公司三家共同制定《襄城县浓香型特色优质生产技术方案》，由县烟草分公司负责组织落实到位。在具体运作上，由技术依托单位9名专家教授组成技术决策组，对技术难题联合攻关；县烟草分公司和乡镇烟叶工作站38名技术骨干组成技术执行组，负责技术指导；并为全县每个种烟村选聘1名技术员，每500亩烟田选配1名农民技术员，育苗工场、烘烤工场各选配1名育苗辅导员、烘烤辅导员，为烟叶生产提供技术服务。

大力推广普及彰显浓香型特色优质烟叶集成先进适用技术。襄城县紧密结合烟区实际，以卷烟工业原料需求为导向，对口工业企业、技术依托单位参加，共同研究制定《襄城县浓香型特色优质烟叶栽培技术规范》，把优良品种、漂浮育苗、平衡施肥、土壤改良、规范移栽、病虫害综合防治、成熟采收、三段式烘烤等先进适用技术集成创新，在生产中大力推广应用。工商研三家分工协作，落实服务到位；对口工业企业、技术依托单位驻点科技人员开展技术指导，专家教授讲学，现场技术示范和咨询；县公司实行技术承包责任制，对包片技术员实行“五定四到位”，即定人、定路线、定面积、定地块、定奖惩，做到技术培训到烟叶生产主体和烟农综合服务合作社、技术服务到烟田、烘烤技术指导到烤房、验级预捡到烟包，有效解决了技术棚架。并对包片技术员服务进行考核，考核结果与工资奖金紧密挂钩，奖惩兑现，从而调动了工作积极性、主动性。

襄城县充分利用工商研技术资源优势，积极开展多渠道、多层次、多形式的浓香型烟叶生产技术学习培训，提升全县烟叶生产整体水平。在教育培训层次上，对种烟专业户户主、家庭农场场长和烟叶生产合作社、烟农综合服务合作社负责人及管理人员集中进行烟草政策法律法规、烟叶市场行情、专业化服务技能知识学习教育；对烟农综合服务合作社的专业服务队员和农民技术员集中进行烟叶生产技术、专业化服务技能知识学习培训。在学习培训方式上，召开现场观摩会、放映科教片和幻灯片、利用广播、电视、多媒体教学系统举办讲座，讲授烟叶生产技术、专业化服务技能知识。一年多来，该县共举办各类培训班、讲座160多期场次，编发《浓香型特色优质烟叶生产技术要点》、烟叶病虫害综合防治挂图、烟叶三段式烘烤图表3.8万册张，累计培训各类烟叶生产主体、烟农综合服务合作社负责人和管理人员2800多人次，培训职业服务队员6800多人次，从而提高了他们的组织领导和协调管理能力、生产技术和服务技能水平。

（本文与苏新宏合作，原载2011年8月15日第16期《中国烟草》）

依托自然生态优势　大力培育有机烟叶

汝阳县是烟叶生产大县，近年来，该县依托当地自然生态优势，大力引导农民种植培育有机烟叶，不仅为卷烟工业提供了大量优质原料，而且有力地促进了农业增效，农民增收，成为强县富民的重要途径。

在生产优质有机烟叶上，汝阳的地形、土壤、气候等自然条件得天独厚。但自然条件具备了，怎么科学利用好也很重要。对此，汝阳县的干部群众上上下下看得准、做得好。一是正确决策，始终把发展特色农业作为当地重要的经济民生支柱；二是把握规律，科学制定烟区规划，这里没有污染企业，森林植被占 67% 以上；三是科学管理，坚持使用有机肥、微生物肥，减少化学农药用量，多措并举优化生态系统等。

这些做法，为叫响汝阳烟叶品牌，起到了重要作用。认真总结这些经验，将感性认识提升到理论认识，并用来指导实践，同样不可或缺。

有机烟叶是高端卷烟的优质原料

近年来，随着全国烟草行业“卷烟上水平”战略任务的推进，发展“532”“461”卷烟品牌，需要特色优质原料保障，但目前烟叶总量供过于求和结构供不应求的矛盾日益突出。

2010 年，国家烟草专卖局局长姜成康明确提出：“兴建烟草园，大力发展有机烟叶生产，为工业企业生产高端卷烟提供优质原料。”

什么是有机烟叶？有机烟叶是指遵照有机农业生产标准，在生产过程中不使用任何化学合成的农药、化肥、除草剂、生长调节剂等物质，以及基因工程生物及其产物，而且遵照自然规律和生态学原理，协调种养植平衡，维持农业生态系统稳定，经有机认证机构认证的烟叶。

有机烟叶伴随着有机农业而生。20世纪20年代，德国和瑞士首先提出了有机农业的概念。1972年，法国、美国、英国、南非和瑞典成立了“国际有机农业运动联合会”（简称IFOAM），推广有机食品。1994年，国际上第一提出了有机烟草的概念，并开始在卷烟品牌中使用有机烟叶，其制品深受市场欢迎。

有机烟草随着有机农业的不断发展，逐渐受到人们的重视和青睐。20年来，烟叶生产经历了无公害、绿色、生态、有机烟叶的发展阶段。

无公害烟叶是指不使用禁用的剧毒农药，农药残留不能超过标准允许量，但对化肥的使用没有做出明确规定；绿色烟叶标准更进一步，限量使用化学合成农药和肥料，对磷化物、有害重金属及细菌等含量都要进行控制，防治病虫害尽量使用生物技术和物理方法；生态烟叶是在绿色烟叶的基础上，对农药、化肥的使用有了更严格的要求和限制；有机烟叶在生产和加工过程中禁止使用农药、化肥、除草剂、色素、激素等人工合成物质。

良好生态环境是发展有机烟叶的关键

峰峦叠起千重翠，七山二陵一分川。汝阳县位于豫（河南省）西伏牛山、外方山区，总面积1333平方公里，山地、丘陵、平川面积分别占总面积的72.2%、19.6%、10.2%；有耕地51.7万亩，其中20多万亩适宜种植烟叶，大都分布在一道岭、一面坡、一道川上；汝阳县烟区是国家和省烟草区划认定的全国优质烤烟生产适宜区。1985年4月，世界著名烟草专家、美国北卡罗来纳州的琼斯教授考察后说：“这里的地形、土壤、温度、气候自然条件与美国盛产优质烟叶的北卡罗来纳州相似，适宜优质烟叶生长。”

根据《有机产品》国家标准，有机烟叶生产的关键是要有一个良好的生态环境条件。汝阳县地区的“光、温、气、热、水”五大生态要素适宜烟叶生产，自然条件得天独厚，不可复制，生态环境不能替代，天然有机十分明显，发展特色优质烟叶潜力巨大。

气候条件。汝阳烟区地处北纬33°49′～34°21′，与美国、土耳其、希腊等世界著名优质烟叶产区同一纬度（32°～37°），隔地球遥遥对望，经济地理学家认为是烟叶生产的黄金地带；地势南高北低，山地、丘陵、平川交错分布，形成山涧小盆地；烟区属暖温带大陆性季风气候，光照充足，无霜期269天；气温年际差较小，日差较大，年均气温14℃～19℃之间，6至9月份烟叶生长期日均气温21℃，温度是烟叶从育苗、移栽、中耕到成熟采收的适宜温度；平均降雨量为640毫米～920毫米，雨日60～70天，大都集中在7、8、9月；全年日照总时数2213小时，日照百分率达49%，光照条件好，昼夜温差大，有利于烟叶生长和干物质形成积累。

土壤条件。烟区为红壤土、沙壤土、水稻土，土层深厚，土质疏松，通透性好，多呈酸性，土壤中有机质含量1.39，PH值6.5～7.5，氮、磷、钾等元素均为中间值，符合生态农业生产，适宜有机烟叶种植。

灌溉用水。汝阳烟区雨量充沛，烟田灌溉用水全部来自发源于伏牛山、外方山深处原始自然水系的汝河、杜康河河水及玉马、龙盘水库，水质纯净，富含离子矿物和微量元素，保持着一类水质的品质，其活水指标在生活用水，略高于GB5084农田灌溉用水，能满足有机烟叶生长条件。

周边环境。汝阳烟区范围内没有污染工厂、加工厂和矿业，森林植被67%，草木茂盛，空气清新，含氧量较高，符合GB3095－1996中二级标准和GB137的规定，十分适宜有机烟叶生产需要的空气环境。

综上所述，特有的生态环境，充足的日照，温和的气候，充沛的雨量，肥沃的土壤，这些烟叶生长所必须条件完美的结合，赋予了烟叶种植适宜的自然条件。

控制农药残留是质量控制的重要内容

随着吸烟与健康问题受到普遍关注，烟叶安全问题变得更加敏感，农药残留指标已成为烟叶及其制品质量控制的重要内容。

在有机烟叶生产中，根据汝阳烟区常发病虫害的情况，遵照“预防为主，综合防治”的植保方针，应从农业生态系统整体出发，多措并举互补，发扬管用的传统优势，减少化学农药用量，构建具有地域特色的有机烟叶生产病虫害综合防治体系，创造不利于病虫害发生条件，有利于烟株与有益生物生长繁殖环境，将病虫害种群控制在经济允许的水平之下，从而提高烟叶内在品质和安全性。

在农业栽培防治病虫上，一是实行前茬作物烟田秋耕深翻，使土壤耕层加厚疏松，冻死虫蛹及虫卵；二是选种抗病优良品种中烟 100、豫烟 6 号，有效提高大田烟株抗病能力；三是严格苗床卫生操作，防止烟苗带病下地，采用集约化漂浮育苗，对基质高温熏蒸消毒，杀死虫卵和病原菌；对隔年重复使用的育苗物资（棚膜、防虫网、播种机、剪叶机）进行彻底消毒；严格在育苗区、大棚内吸烟，培育根系发达，茎秆柔韧性好，群体均匀整齐，清秀无毒无病壮苗，增强烟株抗病能力；四是避蚜防病。蚜虫是多种病毒传播的主要介体，要采用银灰色地膜覆盖垄体驱蚜，调整移栽期避蚜，对蚜虫在烟区越冬栖身场所、早春寄生植物上的蚜虫集中灭杀，以防飞入育苗大棚和大田传播病毒；五是卫生栽培，及时清除烟田里的地膜、杂草、底脚残叶、烟头、烟杈，集中销毁处理，发现病株拔掉，防止污染环境，减少有害化学成分，保护烟田生态环境。

在生物防治病虫害上，一是施用杀螟杆菌，防治烟青虫病；二是在烟区引进放养烟蚜虫蜂，以虫治虫，扑杀烟蚜虫。

在物理方法防治病虫害上，在烟田设置黄色粘板，粘杀烟蚜虫；摆放糖酒醋液托盘，诱杀烟青虫；放置昆虫性诱捕器，诱杀斜纹夜蛾；购置安装频振式太阳能诱杀灯，太阳能光板白天吸收光能，夜间为诱杀灯供电，烟虫趋光就会飞来掉进光板下面装水溶器里淹死；崇尚自然，采用人工平顶打杈，捕捉害虫，从而有效解决了环境灭虫，不会给有机烟叶带来任何化学农药污染，确保烟田生态性。

在实施农业、生物、物理防治烟叶病虫害的同时，要积极推广应用现代化绿色生物技术，用安全农药。生物农药是在自然生物或生物中提取制作的生物制剂，有植物源杀虫剂、细菌和真菌类杀虫剂、昆虫寄生线虫、昆虫病害、抗生素和昆虫激素。通过施用这些生物农药，毒杀、麻醉、忌避、干扰昆虫的正常行为和生长发育，使其造成拒食、致畸、不产卵生育、破坏神经系统和内分泌系统等杀虫防病，而且易分解，低残留，不产生抗药性，还保护烟田生态环境不受污染。

科学施肥保持烟田绿色生态

合理施用有机肥。一是农家肥，俗称全营养肥料，是夏季将青草、树叶、植物茎秆、牛粪堆积，用坑塘泥将表面墁实封严，经高温充分发酵腐熟后晒干压碎，根据烟田肥力高低，作为底肥，秋深耕烟田时2000～2500 千克左右；二是烟叶移栽后，亩条施腐熟优质芝麻饼或菜籽饼 20～30 千克；三是烟叶移栽后，豆浆灌根；四是秸秆还田，将小麦和玉米等农作物茎秆切成小段或粉碎，用微生物堆积发酵，整地时均匀撒在田间，深耕翻压；五是种植绿肥，将适时种植的黑麦草、大麦、苕子用旋耕耙打碎翻压，埋深压实，使草充分腐烂分解。通过使用这些不同类型的有机肥，有效增加了土壤有机质含量，改善了土壤物理性状，涵养了土壤养分，提高了土壤微生物活性，调整土壤 C/N 代谢，活化土壤通透性，改善烟株根系营养，提供氮、磷、钾及中微量元素。

科学施用微生物肥料。按比例定量施用生物钾肥、生物有机肥，可使烟株得到特定的肥料供应，肥料中的微生物（菌类）便依靠土壤中的营养、水分等生活条件进行生长繁殖，起到改土肥田、促进烟株生长、遏制土传病害的良好作用，保持烟田绿色生态环境。

不断提升生产优质烟叶保障能力

根据“卷烟上水平”的目标任务，要以工业企业需求为导向，提高特色优质烟叶保障能力，坚持“特色、优质、生态、安全”生产理念，大力发展有机烟叶生产，提升管理水平彰显生态烟叶特色风格，从生产、加工、存储、原烟接收到终极产品都必须满足有机标准要求。

建立以烟为主的种植制度，确保土地“有机”是关键。由于老烟区在烟叶种植过程中，长期使用化学肥料和杀虫剂，造成土壤板结，加之连年种植，烟田营养生态失衡。而有机产品对土地的要求是，有三年的时间种植有机作物，不能种植被禁止的任何农作物。因此，要按照国家食品标准进行清洁生产，降低化学农药和化肥使用量，减少烟田生态环境污染；建立烟粮“三三”轮作倒茬，前茬种植红薯、芝麻、花生农作物，严禁与茄科、葫芦科、豆科、十字花科作物轮作种植，有利于预防病毒，减少交叉感染传播，确保烟田土壤持续长久“有机”。

构建有机烟叶生产技术专业化社会服务体系，创建烟农综合服务合作社组织，进行生产全过程细化管理服务。在有机烟叶生产中，精选优良品种，实行集约化漂浮育苗，培育壮苗；推广物理、生物和生物技术综合防病治虫；应用先进适用集成生产技术，适时平顶打杈，科学留叶，成熟采收，三段式烘烤工艺，推广使用生物燃料，确保有机烟叶品质和质量。

目前，特色有机烟叶已成为国内外烟草市场上最好的烟叶，这是未来烟草行业发展的趋势方向。综观世界烟草种植业，国际上还没有有机烟叶生产国际统一标准，期待国家烟叶生产经营管理部门，积极协调组织农业科学院所、卷烟工业企业、烟叶产区，探索建立一套有机烟叶生产技术标准体系，制定《有机烟叶生产技术规程》《有机烟叶质量标准》《有机烟叶生产技术管理手册》，明确有机烟叶生产的环境、品种、管理、病虫害防治、品质和质量的详细要求，规范和保障有机烟叶生产。

（本文与刘占卿合作，原载2013年3月27日《河南日报》）

倾力打造浓香型特色优质烟叶生产基地

——全国优秀中华牌卷烟襄城县王洛烟叶基地单元建设调查

近年来，随着全国烟草行业卷烟上水平战略任务的推进，烟叶总量供过于求和结构供不应求的矛盾日益突出。对此，转变生产方式，调整烟叶结构，提高特色优质烟叶有效供给能力已成为烟草行业面临的重大课题。

2010—2012 年，上海烟草集团有限责任公司、河南省许昌市烟草公司、河南省农业科学院烟草研究中心三家合作，在河南省襄城县创建中华牌卷烟浓香型特色优质烟叶王洛基地单元。3 年来，襄城县烟草分公司王洛烟叶工作站，以中华牌卷烟原料需求为导向，以现代烟草农业为统领，坚持工业主导、产区主体、科研主力，增强了浓香型特色优质烟叶批量生产、均质生产能力。2012 年，王洛烟叶基地单元种烟 17200 亩，收购烟叶 58050 担，亩均单产 168.6 公斤，上等烟占 51.4%，上中等烟 90% 以上，亩均产值 4046 元。亩均单产、上等烟和亩均产值分别比非基地单元高出 4.4%、5.3%、6.7%。

中华牌卷烟王洛烟叶基地单元，通过现代烟草农业建设，有效提升了浓香型烟叶外观品质和内在质量。3 年来，工业技术人员驻点对王洛基地单元烟叶生产、收购和调拨质量全程跟踪检查与评价；烟叶外观品质表现成熟度比较好，颜色橘黄或金黄，叶片厚薄适中，色度浓，油份多，光泽感强，组织结构疏松；在物理特性指标上，烟叶长度比较合适，开片较好，单叶重比较适宜；内在质量和感官上，烟叶呈现典型的浓香型特征，香气风格突出，香气质较好，香气量足，高雅飘逸，余味尚干净舒适，杂气微有，刺激性稍小，劲头适中；通过对农残和重金属含量检测结果显示，农残5项指标检出，但含量很低，不超标；还有5项农残指标均未检出；4种重金属含量都没有超标。检查化验结果表明，基地单元生产的烟叶，总体上是浓香型特色突出、优质和安全的烟叶。

3年来，中华牌卷烟王洛烟叶基地单元，通过现代烟草农业建设，大大提高了基地单元烟区、种烟主体持续综合发展能力，实现了“五满意”，即镇财政增税，实现烟叶税3711万元；商业增效，实现利润2161万元；种烟主体增收，亩均种烟收益1686元；工业满足了批量浓香型特色优质烟叶的有效供给，调拨烟叶15万担；技术依托单位开展浓香型烟叶生产技术研究实验和推广转化科研成果有了平台，被评为2010－2011年度全国优秀烟叶基地单元。

领导高度重视　政工研分工负责

襄城县县委、县政府和工业、商业、技术依托单位领导高度重视中华牌卷烟王洛烟叶基地单元现代烟草农业建设。为加强组织领导，政工商研四方主要领导成立了王洛烟叶基地单元现代烟叶农业建设领导小组，下设技术决策组、技术执行组、收购调拨组、农业研究课题组，并明确了各组具体职责任务。

王洛烟叶基地单元建设领导召开专题会议，认证讨论研究了基地单元现代烟叶农业建设项目，制定了《王洛烟叶基地单元建设领导议事规则》《王洛烟叶基地单元烟叶生产技术方案》和《王洛烟叶基地单元现代烟草农业建设考核评价细则》，明确规定了现代烟草农业建设的原则、规划、标准和目标任务。

王洛烟叶基地单元建设领导小组建立现代烟草农业建设工作制度，定期或不定期召开专题会议、汇报会和碰头会，及时研究解决遇到的困难和问题。同时围绕中华牌卷烟原料对浓香型特色烟叶质量的要求，建立了“基地共建、生产共抓、资源共享、品牌共创、发展共赢”的政工商研合作互动工作机制。

按照“发挥特长、各司其职、密切协同”的基地单元建设要求，明确政工商研四方责权利，在现代烟草农业建设中实行分工负责制。3年来，政工商研充分发挥各自优势，认真贯彻执行现代烟草农业建设方案和生产技术方案，有力推进了基地单元现代烟草农业建设深入开展。

襄城县县委、县政府把王洛烟叶基地单元现代烟草农业建设作为县域现代农业的突破口，由副县长负责，县直有关局委、种烟乡镇专人主抓；县委书记多次听取汇报并指导基地单元现代烟草农业建设工作；王洛镇党委、政府领导亲自挂帅，深入村组，选派3名干部驻村包租，落实责任；县政府多次召开专题会议和现场会，安排部署基地单元现代烟草农业建设工作，组织国土、农业等县直8局委参与基地单元现代烟草农业建设，全县上下形成领导重视、局委部门支持、镇村主动配合的良好服务局面。

襄城县烟草分公司王洛烟叶工作站，全面负责基地单元现代烟草农业建设管理工作，充分发挥了宣传贯彻烟草专卖法律法规、烟叶生产收购、物资供应、技术推广、基础设施建设的职能作用；紧密结合王洛镇烟区自然生态条件，优化区域布局，划分基地单元；以烟叶生产管理服务片区为单位组织生产；创新生产组织管理模式，创建专业化社会服务组织体系；加强生产物质装备建设，推进信息化建设，按工业需求组织收购加工烟叶。

上海烟草集团责任有限公司根据中华牌卷烟发展规划和烟叶原料配方需求，提出王洛烟叶基地单元浓香型特色烟叶质量要求，参与制定基地单元现代烟草农业建设方案和烟叶生产技术方案；选派技术人员驻点，积极参与、深度介入烟叶生产全过程质量管理监督，把改进完善烟叶生产技术方案的意见建议变成农艺技术措施，调整来年基地单元生产技术方案，确保了浓香型特色烟叶质量持续提高，使中华牌卷烟原料需求与王洛基地单元烟叶生产无缝对接。

河南省农业科学院烟草研究中心主动参与介入基地单元烟叶生产技术方案执行落实，巡回检查指导和技术培训；经常组织专家教授到基地单元讲授浓香型烟叶生产技术，现场示范；以烟叶生命周期管理为抓手，积极探索尝试漂浮育苗、移栽期、种植密度、留叶数、打顶时期、采收成熟度、密集烘烤、土壤改良、病虫害综合防治、平衡施肥等关键技术，重点研究解决了特色优质优良品种筛选、烟叶等级优化、提高上部烟叶工业可用性、科学烘烤时间等影响浓香型烟叶特色质量风格形成的技术难题。根据工业年度基地单元烟叶质量检验和评价结果修改来年的生产技术方案；再生产试验，再检验评价，经连续两年的充实完善，终于使基地单元烟叶生产技术方案，既适合当地自然生态条件，又符合中华牌卷烟原料工艺配方对浓香型特色烟叶质量的需求，从而逐步形成一整套具有襄城县地方特色的浓香型烟叶生产技术体系，在基地单元推广应用。

细化生产服务实行片区管理

王洛烟叶工作站非常重视基地单元现代烟草农业建设质量。按照“单元组织，分片管理”的要求，大力改革传统的烟叶生产管理服务模式，化整为零，把大基地划为小单元，实行“片区”生产管理服务。烟站以自然地理条件和管理服务方便为前提，按5000~6000亩种烟规模，把基地单元划为3个生产管理服务片区，即西片区、北片区和中心片区。每个生产管理服务片区，烟站选派1名片长助理农艺师或高工以上职称，派驻技术员6名，副片长由片区内村民代表大会推选村组干部或优秀种烟主体领头人担任。烟叶生产管理服务片区制定技术推广工作标准，建立工作例会制度、汇报制度和考核制度，对片长、技术员的考核评价结果与工效挂钩，奖优罚劣，从而调动了工作积极性。

王洛镇政府和王洛烟叶工作站对基地单元烟叶生产管理服务片区给予政策支持、技术指导。各片区统一种植规划布局、统一生产组织生产、统一执行技术方案、统一技术指导服务，有效提高了烟叶生产组织管理水平，实现了规模化、专业化、产业化生产。

王洛烟叶工作站根据县烟草分公司分解下达的基地单元烟叶种植收

购计划，按电子合同要求与各片区种烟主体签订烟叶种植收购计划合同；根据合同约定面积供应烟用物资，配送到位；对育苗工场，按烟叶种植面积下达育苗计划，配发良种和育苗物资；育苗工场根据种烟主体种植计划合同面积供苗；驻片技术员进行生产技术指导。

王洛烟叶工作站充分发挥工商研三方技术资源优势，认真执行基地单元生产技术方案，以生产管理服务片区为单位，大力推行先进适用优化集成新技术。3 年来，工商研三方技术人员，齐心协力，密切配合，先后普及推广了漂浮育苗、规范移栽、合理留叶、适时平顶、成熟采收、密集烘烤等 10 项关键技术。生产管理服务片区对包片技术员实行“四定四到位”技术承包责任制，即定种烟主体、定地块、定面积、定奖惩，做到技术要领到人、技术服务到棚到烟田、烘烤技术指导到炕、入户预检把关到烟捆；工业和技术依托单位技术人员积极开展全生产过程技术指导服务。

3 年来，王洛烟叶工作站采取集中办学习班、请专家教授讲学、现场观摩会、网络媒体讲座等多渠道、多形式、全方位开展生产技术和服务技能学习培训。对种烟专业户户主、家庭农场场长、烟叶生产合作社社长和烟农综合服务合作社负责人及管理人员进行集中学习培训，使他们熟知烟草专卖法律法规、烟叶市场行情、专业化社会服务理论知识，提高了组织领导能力和协调本领；对专业化服务队队员、农民技术员开展学习培训，提高生产技术、分级技术和专业化服务技能水平。仅去年以来，烟站就举办各类培训班、讲座 40 多期场次，印发浓香型特色优质烟叶生产技术要点、三段式烘烤图表等 4800 多张，累计培训种烟主体、烟农综合服务合作负责人、专业化服务队员 6000 多人次，为基地单元现代烟草农业发展培养出一批有文化、懂技术、会经营的新型领军人才和新型烟农。

开展基础设施配套建设　夯实生产基础

基本烟田是基地单元现代烟草农业建设的关键。遵照“以烟为主、连片建设、合理利用、用养结合”的原则，王洛烟叶工作站在王洛镇政府和县国土、农业等部门的配合支持下，按照烟粮种植两年轮作农艺要求，对全镇辖区原有基本烟田重新进行调整规划，进一步优化布局，集中连片，界定基本烟田范围。在自然生态条件适宜、土壤质地疏松、农民种烟技术水平高、社会经济条件好、能满足烟叶生产持续发展需要的32 个村 78 个组 1138 户划定基本烟田 4.8 万亩；对新规划的基本烟田造册登记，统一编码，GPS 定位，建立基本烟田地理信息、地块面积、土壤质量、配套基础设施、种烟主体信息等电子档案，制作保护标牌，明确保护措施。

王洛烟叶基地单元建立基本烟田保护制度，增强持续生产后劲。建立以烟为主的种植制度，实行烟粮“二二”轮作，两年倒茬一次，有效降低了病虫害的发生；采用种植绿肥、秸秆还田、土壤修复、增施腐殖酸肥等综合措施改良土壤，从而改善了土壤物理性状，培肥了地力，增强了基本烟田持续利用种植能力；推行清洁生产，及时清除地膜、杂草、烟杈和烟株病体，集中销毁处理，保持田间清洁卫生，防止环境污染，减少了有害化学成分，保护了烟田生态环境。

科学规划基地单元烟叶生产基础设施建设是综合配套的前提。根据“因地制宜、统筹规划、系统设计、综合配套”的原则，王洛烟叶工作站对已建基础设施进行认真总结和梳理，澄清了工程项目数量、地理位置及覆盖烟田面积；紧密结合地形地貌实际，因地制宜围绕基本烟田，全面进行规划设计，完善提升已建工程项目，新增项目突出综合配套；在烟水配套规划上，扩建水源工程项目和应急水源建设；建设完善电井、排洪渠、泵站等配套设施；对烟区道路建设，在通村道路完善、基本烟田面积 400 亩以上区域建设交通路，重点建设种烟主体所在区域的机耕路；根据种烟面积，布局育苗工场、烘烤工场设施建设；协调电业部门配合支持，解决电力配套。

近年来，王洛烟叶基地单元累计投入烟叶生产基础设施建设资金9600 万元，共修缮清淤老机井和新打电井 875 眼，配套电泵 875 台；修复和新开挖排洪渠 4 条 8120 米；完善提高改造原有和新建机耕路 34 条 152. 595 千米；铺设管网 11 条 41786 米；建实用型育苗工场 2 座，建标准化育苗工场 2 座，共配套烟田面积 19000 亩，改建和新建密集烤房群 27 片 829 座烤房，建烘烤工场 1 个烤房 108 座，两项与常年 19000 亩种烟面积匹配；将原王洛烟叶生产收购站和 3 个收购点整合优化为王洛烟叶工作站，设置烟叶收购线 5 条，收购能力 250 万公斤；建固定防雹增雨作业点 1 个，流动作业点 2 个，购置气象预警管理机、接收机 21 台，及时发布气象预报信息，防雹增雨网络覆盖率达 100%。对基地单元已建成的各类项目工程建立健全管护制度，责任落实到人，确保持久发挥作用。

3 年来，省、市两级局（公司）先后对王洛烟叶基地单元已建成 2930 个“八大基础设施”项目工程检查验收，一致认为达标配套的投入使用运行，改善了烟叶生产条件，增强了抵御自然灾害能力，旱能浇，涝能排，大大提升了基地单元烟区综合生产能力。

加强物质装备能力建设　提升现代化生产水平

机械化是烟草农业生产方式现代化的重要条件。王洛烟叶工作站以战略思维把物质装备能力建设作为推进基地单元烟草农业生产现代化的重要举措来抓。在县政府支持、县烟草分公司扶持下，烟站协调有关社会化服务组织，与县农机部门合作，对购买大中型农机实行财政补贴，烟草农机具执行烟草行业补贴，先后购置农业通用机械和烟草专用机械 522 套，机械总动力 2502. 7 千瓦，平均百亩机械保有量 13. 8 千瓦；选聘农机手 42 人，经集中学习培训，考试合格后上岗工作；建立农机具管理服务制度，逐台编号登记，录入微机，建立电子档案，定期维护保养，专人负责；明文规定，享受“两个补贴”购置的农机必须优先保证服务基地单元烟叶生产，未经烟站同意批准，不得以任何形式将农机具出卖转让，非烟叶生产季节可为其他农作物提供服务；在经营服务上，实行独立核算，自负盈亏，有偿为基地单元烟叶生产进行机械化作业服务。2012 年，基地单元烟叶生产耕地、起垄、烟苗剪叶、植保、运输机械化作业率 100%，覆膜、中耕机械化作业率 60%，显著提高了生产效率，亩烟降低生产成本 360 多元，减少劳动用工 6 个。

生产经营信息化是烟草农业生产方式现代化的重要手段。王洛烟叶工作站下气力抓好烟叶生产经营物质装备建设。3 年来，先后投资 348 万元，为烟站各岗位 24 名工作人员每人配置微机 1 台；购置烟叶收购自动传输线 5 条，收购终端机 5 台，电子磅称 5 台；同时还购置信息化辅助设备打印机、视频电子显示屏、读卡器、电子标签，从而使基地单元烟叶生产经营信息传输有了载体，保证了信息及时交换。烟站以国家烟草局烟站（单元）烟叶管理信息系统软件为基础，升级已有烟叶管理信息软件，建立了基本烟田、基础设施、烟叶种植、烟叶收购、烟叶质量数据库，在基地单元内形成了烟站、育苗工场、种烟主体、烟农综合服务合作社、驻片技术员、种烟村局域网，构建了基地单元现代烟草农业建设信息管理平台，实现了竖向与业内网互联互通，横向与县农业、水利等有关局委互联互通。在基地单元内，单元软件覆盖率 100%；烟站、收购线、育苗工场、烘烤工场、烟农综合服务合作社、烟叶生产管理服务片联通率 100%。如今，基地单元从烟叶种植收购计划、生产技术、生产管理、物资供应、收购调拨、仓储运输、绩效考评等全生产过程实现信息化管理，有效提升了现代化生产经营水平。

创新生产组织管理模式　提升规模化种植水平

现代烟草农业的本质主要表现为土地集中，适度规模生产经营。在王洛基地单元烟区，多少年来千家万户都种烟的传统方式，存在着种植零星分散重复、效率低下的普遍问题，已不能适应现代烟草农业的发展。

改革传统的烟叶生产组织管理模式，实行适度规模种植，需要土地适度集中。目前，农村实行家庭联产承包责任制，土地承包到户，出现了“面条田”“刀把地”。王洛镇政府认为，要实现土地适度集中，必须以家庭联产承包为基础，稳定和完善土地承包关系，建立健全农村土地承包权流转市场。

为加强组织管理服务，王洛镇政府成立了农村土地流转工作领导小组，下设王洛镇农村土地流转工作服务中心，制定土地流转登记管理制定，建立档案，发布信息，监管合同签订，调停仲裁矛盾；村有土地流转工作站，村委会会计担任信息员，负责收集登记出租户与承包户的双方信息，从而形成镇、村两级土地流转工作组织保障和服务网络。

为规范农村土地承包经营权流转，王洛镇政府制定出台《王洛镇农村土地流转工作管理办法》，明确规定了土地承包经营权流转的形式、期限、监管机构、法律责任、各方权利义务和纠纷处理办法，必须坚持“依法、自愿、有偿”的原则；理顺了农村土地流转交易程序，统一印发纸质文本，所有土地流转手续在镇农村土地流转工作服务中心完成，从而使全镇农村土地流转实现了法制化、规范化。同时，《办法》还明确规定了在土地承包经营权流转期间，国家给予的粮食、农资直接补贴属于原承包户享有；给予种烟的各项政策补贴属于承包户享有。今后，国家如有新的惠农补贴政策，出租户与承租户双方按政策规定享有。

土地“出回租”流转，适度规模集中经营。王洛镇对已规划界定的基本烟田，以村为单位，村委会以村规民约的形式，与农户协商同意，采取“出回租”流转经营管理模式，把原来村民一家一户分散经营的土地，以每亩每年租金 800 斤小麦，按市场价折合现金，一年一付，每年 9 月 20 日至 30 日期间付给，租期 5 年，从农户手中统一租回村集体。对一些不愿意出租土地的农户，村委会出面调整，用在基本烟田规划区外自愿种烟农户的承包土地与其互换。然后，村委会再将统一租赁的土地，以同租期同价位转租给种烟主体，进行适度规模种植生产。2012 年，王洛烟叶基地单元已发展种烟专业户 545 户，家庭农场 44 家，烟叶生产合作社 8 个，其种烟面积占基地单元种烟总面积 17200 亩的 62%、26%、12%。这三种种烟主体分别与县烟草分公司签订年度种植收购计划合同，自行组织管理生产。

在现代烟草农业建设中，王洛烟叶工作站通过创新烟叶生产组织管理模式明显提升了集约经营水平和土地资源利用效率，彻底改变了千家万户分散种植、粗放经营的传统小农经济生产方式，推进了烟叶规模化、专业化生产进程，为烟草农业生产现代化、产业化奠定了良好基础。

创建烟农综合服务合作社　提高集约化生产水平

在基地单元现代烟草农业中，传统一家一户烟叶生产组织管理模式发生了重大变化，多类新型的种烟主体顺势涌现。这些种烟主体单靠家中自有劳动力忙不过来，需要雇工作业完成。但在王洛基地单元烟区，烟叶生产雇工难矛盾突出。王洛镇政府和王洛烟叶工作站认为，产生问题的原因是种烟主体生产规模发展了，而专业化社会服务滞后；发展现代烟草农业，需要新型社会化服务组织体系作支撑，把市场能够做的事情交给社会去做，转变生产服务观念，一套着力打造烟叶生产专业化社会服务组织体系，为种烟主体提供全方位、专业化、商业化服务的思路逐渐清晰。

遵照“政府引导、烟草扶持、专业化服务、市场运作”的要求，王洛烟叶工作站在整合优化基地单元民间原有各类烟叶生产社会服务组织的基础上，根据“民办、民管、民受益”的原则，成立了益民烟农综合服务合作社。合作社以生产管理服务片区为单位，将一家一户原有的烟叶生产技术人才、劳动力、各类农机具进行优化组合；根据农民意愿、技术特长、性别年龄、身体状况、农机具性能组建了育苗、机耕、植保、烘烤、分级、运输等专业化社会服务队 21 个，有队员 480 人。

益民烟农综合服务合作社对烟叶生产专业化服务队实行统一组织管理，为种烟主体提供专业化服务，使松散型帮忙变为集约化服务。在烟叶生产中，合作社以生产管理片区为单元，对种烟主体实行统一供种育苗、统一机耕起垄、统一移栽盖膜、统一中耕除草、统一植保、统一烘烤加工、统一挑拣分级、统一运输，由此提高了劳动生产效率，降低了劳动强度，使种烟主体轻松种烟，简单种烟，有效解决了长期以来烟叶生产政府“统”不了，烟草公司“包”不了，一家一户“干”不了的诸多问题。

为规范烟叶生产专业化社会服务，益民烟农综合服务合作社制定了《专业化社会服务章程》《专业化社会服务作业质量标准》，明确规定了服务内容、服务时间、服务价格。生产前，合作社与种烟主体签订年度服务协议，明确搞定了服务时间地点、服务方式、作业质量、服务费结算方式和付费时间，及作业不合格违约责任；在服务中，种烟主体、技术员、镇驻村干部共同对专业队作业过程进行指导监督；服务结束后，对服务结果进行验收确认，确保作业质量。合作社对专业服务队建立完善了管理制度、服务规范、考核办法、奖惩措施等，定期或不定期地开展生产技术和业务技能培训，不断提高服务质量和作业水平。

在总结基地单元现代烟草农业建设座谈会上，王洛镇镇长感慨尤深地说：“现在无论种烟专业户或是家庭农场，机耕起垄有机耕专业队，育苗供苗有育苗专业队，防病治虫有植保专业队，采收烘烤有烘烤专业队。他们只需要按技术员的指导，精心种好地里的烟，其他的事都不用自己操心了。”

严格收购纪律　原收原调

3 年来，在基地单元烟叶收购中，王洛烟叶工作站始终坚持收、单储、单检、单调，原烟交接，确保了烟叶等级质量；工业驻点技术人员全程参与烟叶收购质量指导监督。

在基地单元烟叶收购前，工商研究制定了《王洛烟叶基地单元烟叶收购管理办法》和《王洛烟叶基地单元烟叶质量管理考核办法》对收购质量、等级纯度、调拨质量、调拨数量做了明确规定。

为确保烟叶收购质量，烟站技术员、工业和技术依托单位驻点技术员，并邀请王洛镇政府烟办室主任、种烟主体代表参加，按照国家烤烟 42 级标准及中华牌卷烟原料配方对浓香型特色烟叶质量要求共同仿制收购烟叶样品，悬挂橱窗里，统一眼光，对标样收购。同时对烟站预检员、定级员、分级专业服务队队员及工业驻点技术员集中进行分级技术培训，聘请专家授课，现场示范，使他们提高了分级技术水平，工商统一了烟叶收购调拨质量标准。

王洛烟叶工作站将烟叶收购质量关口控制前移，实行入户预检制度。烟叶生产管理服务片区，以村为单位划分责任区，认真贯彻落实王洛烟叶基地单元入户预检初验烟叶管理办法，分级专业服务队入户对照标样，按照“五同一齐”要求分级扎把，即同部位、同颜色、同等级、同长短、同级同腰、齐把头。包片区技术员逐户检查指导，发现混级、混颜色的现象时，当场提出整改意见要求，重新拆把分级；对预检初验合格的烟叶，即打捆封签，标明等级，开具烟叶交售通知单，从而使交售的烟叶等级不纯不出户，水分不合格不出户。

在烟叶收购中，王洛烟叶工作站实行密码收购，进站初验，编码验级；安装视频监控系统，公开社会监督；由工商技术员组成烟叶收购质量监督小组，定期或不定期地进行检验和抽查；烟站对收购入库的烟叶分级码队，当日原级成包，打上编制的身份数码标识；充分运用烟叶生产收购管理信息系统，实行成包原烟“一打三扫”，即从烟站调运出库扫码，入县烟草分公司烟叶中心库扫码，工业从中心库调往定点打叶复烤厂出库扫码，这就从业务流程上确保了烟叶质量和等级纯度。

（本文与刘德田合作，原载 2013 年 11 月 15 日《河南日报》农村版、人民网）

求证群众反映烟叶生产问题

2013年12月上旬，先后有群众向《人民日报》民生部反映，2009年汝阳县三屯镇政府和耿沟村委会强行流转土地400亩，毁麦种烟，建生态现代农业示范园，由外来户承包，烟种瞎（遭灾）了，没赚着钱，还赔了本，就跑了。我们这里丘陵坡地就不适宜种烟非让种，要求赔偿经济损失。

耿沟村耕地适不适宜种烟，强行毁麦种烟说法有无科学依据？省烟草专卖局联合调查组调查了汝阳县、乡镇政府有关部门和耿沟村种烟农民。

汝阳县三屯镇耿沟村委会辖6个自然村9个村民小组，共有598户1970多口人，实有3260余亩（俗称坡地），分布在岘山余脉低山、丘陵区。小麦、玉米、红薯是村主要农作物，种烟有30多年历史。

怎样加快农民增收致富步伐？2008年秋收结束后，耿沟村“两委”班子召开3次村民大会讨论研究，向群众算起经济账，将同等坡地种植粮食作物的投入、产出效益（800~1200元）同种烟的投入、产出效益（2800~3600元）进行比较，让农民看到调整农业种植结构的前途和希望。但村里集体土地家家承包，户户种田，均分耕地的土地经营方式制约了农业规模化发展，这种方式已不适应现代农业的发展要求。

2009年初，耿沟村村委会从本村自然生态实际出发，从土地入手，引入市场机制，调整农作物种植结构，牵住土地流转“牛鼻子”，改变一家一户分散种植的小农经济生产方式，规模化种植，集约化生产，建设烟叶生产示范园。村委会按照“村民自愿、价格合理、规范运作、有序流转”的原则，首先在条件成熟的两个村民小组连片流转土地308

亩，其中59户大秋白地238.4亩，24户犁麦田69.6亩，每亩每年租金400元，每亩麦田赔青费（犁地、化肥、种子）50元。

村会计张二娃说："对流转土地的农户登记造册，按亩数、年租金、赔青费标准，在农户代表的鉴证下，发给各户。"4组村民张大运说，村里集中土地种烟，俺愿意把大白秋地3.5亩租赁给村里，在张会计的花名册上按指印领取租金1400元。5组村民裴中朝说，村里搞烟叶示范园，要土地连片集中，同意犁麦田1.5亩，在村会计那册子上签字，领1年租金600元，赔青费75元。

2009年4月，耿沟村委采用"正租反包"的形式，将308亩连片耕地公开招标承包给7组、8组村民陈幸运、耿海发种烟，每亩每年租金300元。陈幸运说："这一年烟种瞎（遭灾）了，遇到几辈人都没有见过的冻灾，地里的青烟炕到腰叶后，10月6日下霜，12日下大雪，几百亩地的上部烟叶全冻坏了，减产很大。辛苦半年多不但没有挣到钱，反而把生产投入的成本都搭进去了。经村与上级沟通协调，按农作物遭灾保险赔偿俺俩现金5万元，但还是亏损很大，第二年都不承包种烟了。"

耿沟村支书李保保说："2009年村里烟叶生产虽然遭到严重冻灾，百年一遇，但农民种烟的积极性没有减，俺这里的坡地种粮食作物经济效益不高，烟叶是土里刨食农民的摇钱树。2010年以来，村里种烟千亩上下，去年还种烟920多亩。"

有群众上访反映，2009年，汝阳县刘店镇政府和烟草公司强行在七贤村征地40亩，建烟炕40座至今未用，占着农户承包耕地，要求赔偿这几年经济损失。

刘店镇是汝阳县烟叶主产区。2008年秋，该镇调整烟叶种植区域，在七贤村、二郎村规划建设烟田示范方1100亩。两村原有烤房数量少，不能满足烘烤需要。在刘店镇政府协调下，2009年4月，由镇烟办选址，县烟叶公司投资28万元，在七贤村和二郎村中间原七贤村黏土砖场（七村民组机动地，1993年擅建，2007年关停）吃土场12.5亩，建烤房48座。其中，大炕（容量400杆）42座，小炕（容量300杆）6座，在四周（长135米，宽65米）建了围墙。

2009年7月上旬，刘店镇烟叶工作站与七贤村签订纸质协议，将48座炕房移交七贤村会管理使用。进入7月后，烟田示范方部分烟田患黑茎病严重绝收，加之二郎村有4个村民组的烟田距离48座炕房有三四里地，烟农嫌人力拉运鲜烟叶路远费力，仍用原有炕房。七贤村支书袁进朝说，当年两村只用27座炕房，21座未用闲置。

2011年5月7日，七贤村委会与七村民组签订纸质协议，在双方代表鉴证下，将48座炕房转交七村民组管理使用，并支付2009年至2010年5月看管费、土地补偿费共计2万元。七贤村支书袁进朝说："从此以后，这48座炕房、围墙管理使用的一切事宜都由七组负责处理，与刘店镇烟叶工作站无关。"

2013年1月15日，七贤村七组召开全组48户村民大会，经过讨论，举手表决同意，将12.5亩机动地、48座炕房、围墙流转和租赁给七贤村七组村民袁占武经营管理使用，租期10年，年租金1.2万元。3月，袁占武对48座炕房进行改造，新建办公、宿舍一栋4间，开办有机绵羊养殖场，目前存栏绵羊200多只。

2013年4月，群众举报后，汝阳县国土资源局调查认为，袁占武在未取得合法建设用地手续情况下，办羊养殖场，属非法占用土地行为，2013年7月3日，对其进行行政处罚；责令退回土地，没收地表新建筑物及设施，每平方米罚款8元，共计7.02万元。

（2013年12月28日）

惠及千家万户的致富工程

——洛阳市烟田水利配套建设调查

有40多年种烟历史的河南省洛阳市是全国优质烟生产适宜区、33个地市级重点生产区之一、河南省优质烟生产基地，所产“崤山牌”烟叶，20世纪80年代就以色、香、味俱佳享誉全国。全市常年种烟面积26万亩上下，收购烟叶65万担左右，既担负着全国11家卷烟工业企业的原料供应，又是烟区农村5万多种烟农户家庭经济收入的主要来源。

洛阳市烟区地处崤山、熊耳山丘陵地带，地貌复杂，类型多样，“六山三陵一分川”，岗冲交错的地貌难以水利工程配套，形成“工程型干旱”。据气象部门资料记载，年均降雨量600~800毫米，但降水与农作物需水时空分布不协调，年际间及区域差别较大，春伏旱时有发生，干旱频率较高，一直制约着全市烟叶生产稳定发展。

为解决烟叶生产这一突出矛盾，洛阳市认真贯彻落实国家局关于“改善烟叶生产条件，加强基础设施建设”的战略方针，把基本烟田水利设施配套建设作为增强农业综合生产能力的“民心工程”、烟农增收、企业增效、财政增税的“财源工程”来抓。2005—2013年的8年间，该市紧密结合本地实际，以“天人合一，顺其自然”的思路，遵照“合理布局，因地制宜，科学规划”的原则，制定建设规划和年度工程项目实施计划，在60万亩基本烟田内，累计投入2.4262亿元，按照国家农田水利工程技术标准，建成水窖、水池、塘坝、机井、提灌站等小型烟水配套设施4249个，拦蓄天上水，用好地表水，开发地下水。

河南省烟草专卖局（公司）对该市已建成烟水配套项目工程按1.0%抽查，共抽查495项全部合格，并通过了国家局抽查复验。国家烟草专卖局验收组认为，洛阳市烟水配套项目工程规划好，布局好，符合实际，建设质量达到行业技术标准。省局、国家局先后向全省、全国烟区推广了他们的建设经验。

强化领导　完善政策

烟水配套建设是一个综合的社会工程，涉及水利、农业、国土资源、行政区界诸多方面，单由烟草部门建设其职能有限，需要社会各方配合协作才能顺利进行。洛阳市很重视烟水配套工程建设，作为全市发展农村经济工作的大事来抓，成立市烟叶生产基础设施建设领导小组，由主管农村工作的市委副书记任政委，主管农业工作副市长任组长，烟草、水利、农业等8个市直局委负责人为成员，下设办公室组织协调，统筹安排项目工程建设；种烟8县79个乡镇都成立了相应的组织机构。同时制定《洛阳市人民政府关于基本烟田水利设施配套建设管理办法》，明确规定，政府是烟水配套建设的主体，烟草部门是资金投入管理主体，水利部门是项目规划设计和施工建设主体，农民是投工主体，全市上下形成权责清晰、分工明确的领导管理系统。

根据国家局“烟叶生产基础设施配套建设规划立项、资金投入管理、质量监督和项目验收以烟草部门为主”的要求，洛阳市烟草系统实行烟水配套项目建设目标任务“三包问责制”，即市局（公司）领导成员包县，县局（分公司）领导成员包乡镇，乡镇烟叶工作站和技术员包项目，把建设目标任务纳入问责管理，与各级领导干部政绩考核结果挂钩；明确规定，市局（公司）主要领导为重点项目工程第一责任人，县局（分公司）主要领导对辖区项目工程总负责，并把全市烟水配套项目工程任务分解落实到各县局（分公司），市局（公司）一把手与县（分公司）一把手签订责任状，形成主要领导直接抓，分管领导具体抓，相关部门配合抓的工作格局，从管理机制上确保了全市烟水配套项目工程建设顺利进行。

建立健全制度，强化管理。洛阳市把烟水配套项目工程建设列入督办内容，会同有关部门对建设进度、工程质量进行监督，及时通报；市、县人大组织人大代表对建设情况进行视察，发现问题及时协调解决；市建设领导小组建立工作例会制度，定期或随时开会研究解决建设中遇到的困难和问题；在项目工程建设的各个阶段，领导小组成员深入现场进行检查；市、县水利、农业、财政等相关单位积极配合支持，形成齐抓共管合力。

洛阳市还制定烟水配套建设扶补贴政策，明确规定了对水窖、水池、小塘坝、电井、干支渠建设投入资金补贴标准，从而调动了烟区干部烟农搞好烟水配套建设的积极性；在烟水配套建设中，该市在施工前就与每个建设项目工程所在地政府签订协议，明确各方责任，凡项目工程施工需要土地征用、造成青苗损失补偿、由此引发的民事纠纷，均由当地政府协调解决，有力保障了全市烟水配套建设顺利进行。

因地制宜　分类规划

洛阳市烟区海拔高程150~1000米，地形地貌类型多，山地、丘陵塬、平川分别占全市土地总面积的58.4%、32.3%、9.3%。在全市712万亩耕地中有310多万亩适宜种烟，大多分布在浅山丘陵塬区。

基本烟田是烟水配套建设的基础。洛阳市按照烟区土地利用总体规划，紧密结合本地自然生态实际，在8县79乡镇893村规划基本烟田60万亩，集中连片面积大块千亩，小块也有几百亩；以村为单位，对基本烟田逐块编码登记，建立档案，GPS定位，制作保护标志；建立以烟为主的耕作制度，在轮作周期内只准种植指定的粮油作物，严禁种植茄科、葫芦科作物，确保基本烟田不受污染。

科学规划是烟水配套建设的前提。洛阳市紧密结合烟区地形地貌和水资源、水环境承载能力实际，合理规划布局烟水配套建设，因地制宜选择项目工程类型。在西南部熊耳山优质烟生产区5县29乡镇的山区、浅山区基本烟田，建造集雨型和蓄水型小水窖、小水池，育苗移栽、大田短期干旱时使用；在西北部崤山优质烟生产区4县31乡镇的丘陵塬区基本烟田，重点兴建水源型的小塘坝、小水井、两级提灌站、蓄水塔，与干渠、支渠、地下管网配套灌溉烟田；在南部伊河、洛河灌区3县13乡镇，充分利用东干渠、西干渠水资源，兴建一级提灌站、自流倒虹吸、蓄水塘、蓄水井，通过地埋引水管、地面引水渠，借地势落差自流灌溉烟田。

遵照“相对集中，突出重点，整村连片推进”的原则，洛阳市把烟水配套建设规划任务层层分解，下达到县（市区）。烟草、水利、农业等部门齐心协力，积极配合项目工程所在的乡镇政府落实建设规划。通过兴建不同类型的项目工程，大量蓄储天上水，广泛利用地表水，合理开采地下水，使天降水、地表水、地下水形成良性循环，一个从微观到宏观的立体化、系统化的烟水配套项目工程建设格局将展现在全市烟区。

严格程序　管好资金

资金投入是搞好烟水配套建设的关键。洛阳市遵照“以规划定项目，以项目定资金，资金跟着项目走，项目落实到烟田和种烟农户”的原则，针对各种不同类型项目工程，结合当地水利建设成本，严格做出烟水配套建设资金预算。

洛阳市积极推行“政府主导，烟草扶持，烟农投工，部门联动”的烟水配套建设资金投入机制，多渠道、多层次筹集资金，把烟水配套项目、农业综合开发、国土资源整合、农田水利建设等有机结合起来。烟草公司在部分烟叶经营利润、优质烟开发基金中每亩列支30元、工商联办优质烟基地建设资金20%作为烟水配套建设资金。同时鼓励村、烟农自筹资金，联建烟水配套项目，验收合格后，由烟草部门给予资金补贴。

为规范烟水配套建设资金使用，洛阳市制定《烟水配套建设资金使用管理办法》《烟水配套建设资金使用审计章程》，明确规定了烟水建设资金使用的原则、范围、预算控制、审计监督及资金申报、拨付等程序，做到项目建设事前有规划预算，事中有监督检查，事后有验收审计，确保了建设资金安全到位，落到实处。

洛阳市切实加强烟水配套建设资金管理，严防截留挤占流失，挪作他用。一是设立专户，专账核算，专款专用，专人管理，报账拨款。烟水配套建设资金专户设在烟草公司，项目建设资金要与烟叶生产扶持费分开管理，不得与其他资金捆绑使用。项目建设补贴资金由市局（公司）烟基办统一调配，由财务部门管理结算。二是项目资金拨付与开支实行逐级负责制，必须由市局（公司）法人代表与烟基办负责人共同签字把关才能生效。三是严格监督，把烟水配套建设资金纳入年度专项审计计划，审计、纪检、监察部门提前介入，事中跟踪监督，投资超过100 万元以上的大型项目报请省局（公司）单独审批。四是阳光操作，实行项目建设资金使用公示制，将全市年度建设项目、投入资金、行业补贴金额在业内局域网、新闻媒体进行公示，接受行业和社会监督。项目开工前，县局（分公司）与受益村组、农户签订项目资金补贴合同，明确建设项目、责任主体、受益对象，核对名单、不同金额后，在村组张榜公布，接受群众监督。五是严格项目建设资金拨付程序，对项目建设资金实行分批支付制度。在项目建设过半时预付工程总款额 30%，项目竣工验收合格、决算审计符合要求后再支付 60%，剩余 10% 作为工程质量保证金，运行 1 年后无质量问题才能支付结清。六是严肃纪律。对项目建设资金弄虚作假、挤占、截留、挪用者，涉及单位及责任人进行党纪、政纪处分；触犯刑律的，移交司法机关追究刑事责任。

保证质量　过程管理

洛阳市烟水配套建设项目工程点多面广，地形地貌复杂，涉及相关部门多，这给项目工程建设质量控制带来诸多矛盾和问题。针对这一状况，该市采取多种措施，确保烟水配套项目工程建设质量。

按照国家“农田水利工程建设技术标准”和“行业烟水配套建设质量标准”的要求，洛阳市制定《烟水配套建设施工手册》《烟水配套建设质量监督手册》，使项目工程建设施工有标准，检查有尺度，竣工验收有依据，并聘请有资质监理公司进行监理，把好建设质量关。

洛阳市强化烟水配套项目工程建设质量过程管理。施工前，对项目工程建设施工单位、原材料采购实行社会公开招投标，以高素质施工单位和高质量原材料保证建设质量；施工中，不定期进行巡查，落实月检查制度，认真做好检查记录，发现质量苗头隐患及时整改；项目工程所在村，公选2名烟农代表每日都到施工现场跟班检查，把好建设质量第一道防线；竣工后，严把质量验收关。遵照“谁验收，谁签字，谁负责”原则，实行四级验收。村组进行100%自验；乡镇烟叶工作站组织100%初验；县局（分公司）对辖区项目工程100%进行检查验收，合格后逐一登记造册，编号建档，录入微机；市局（公司）对全市烟水配套项目工程进行20%的随机抽验，合格的方可设立验收标志。

在烟水配套项目工程建设中，洛阳市由于严把立项审批、施工、原材料、质量检查和竣工验收“五道关”，从而使每一个项目工程都确保了建设质量，达到烟草公司、地方政府、烟农“三满意”。

明确产权　加强管护

怎样管护好已建成的烟水配套项目工程设施，明晰产权是关键。全市烟水配套项目工程验收合格后，各县局（分公司）及时将项目工程产权进行移交，与受益村委会、烟农签订《烟水配套项目工程交付使用确认书》，办理产权移交手续，签订移交协议，明确项目工程产权与主体；将小水窖、小水池等单户项目工程产权，无偿划归受益农户个人所有，所在乡镇水管站颁发《水权使用证》，由烟农自己使用管理；将沟渠、管网、提灌站、机井等联户公共项目工程，涉及一个村委会的，产权划归村委会，由乡镇水管站颁发《水权使用证》；涉及多个村委会的，按照行政辖区将产权无偿划归所在乡镇人民政府，统一调度管理，由县水利局颁发《水权使用证》，从而使烟农、村委会、政府都吃了定心丸，做到“谁建、谁有、谁用、谁管”，实现了建管并重的目的。

洛阳市发动群众通过“一事一议”、民主协商，建立管理制度、用水收费标准、选配管护人员章程。在管护基金筹措制度上，一是以水养水，有偿使用。村召开受益农户大会讨论制定用水价格标准，烟农亩烟年交水管理费4元，使用联户公共项目工程灌溉烟田用水每立方米交费6分，生活用水每立方米交费8分，由片区管护人员收取上交村委会，纳入村务公开，使烟农用上“明白水”，交上“明白钱”；二是县局（分公司）从年度烟叶生产扶持费中单列管护资金预算；三是从烟叶增收效益中提取一定比例资金。一费、两金三者合一为管护基金，设立专户，专人管理，由县局（分公司）审核，乡镇分管领导审批，严禁挤占挪用，只准用于项目工程日常管理、维修、电费和管护人员工资等相关费用支出，并张榜公布，接受社会监督。

建立健全烟水配套设施管护责任制。根据项目工程管护主体的责任义务，村委会以村民大会举手表决形式，把项目工程设施的运行、管护写进村规民约，明确管护责任：凡恶意损坏项目工程设施造成经济损失的，要照价赔偿，构成犯罪的，移交司法机关处理；因工作失职发生安全事故的，要追究责任，赔偿损失，限期整改，还要罚款、停水；凡项目工程设施被盗、损坏造成经济损失的，由管护人员照价赔偿、自费修理。

怎样管护好烟水配套项目工程设施？洛阳市积极尝试多种形式的管护措施。一是建立烟水配套项目工程管护责任制。在项目工程竣工验收合格后，各县局（分公司）就与受益乡镇、村组、烟农商讨制定了《烟水配套项目工程管护协议》，明确各方管护责任、权利、义务，列入村规民约，县局（分公司）对管护情况定期检查，发现问题及时整改。二是用水户参与管理。项目工程受益村成立烟农用水协会，每户烟农有1名会员，5至10户选出1名会员代表；协会代表烟农行使项目工程经营权和管理权，通过会员代表大会修改协会章程，选举产生管护人员；每个灌期结束、年终都要召开会员代表大会，通报灌溉用水、设施管理、财务支出情况，做到水务财务公开，接受代表监督。三是项目工程受益村自建管护队。根据烟田面积确定管护队人数，管护队员实行分片“三管四护”责任制。即管人（防损坏、丢失），管牲畜（践踏），管天（防暴雨、洪水）；护岸，确保沟边、渠边、水池边不跨塌；护安全，确保水塘、管网、灌桩、提灌站有安全措施和警示标语；护环境，监测项目工程对环境的影响；护畅通，确保沟渠、管网不淤不堵。四是按用水户灌溉划片，实行多户联保管护责任制。灌区内烟农用水轮流管理坐庄当片长，负责管护工作，并严格考核，奖惩兑现。

效益显著　德政工程

目前，洛阳市烟水配套项目工程运行结果表明，工程建设有效改善了烟区生产生活条件，增强了抗旱排涝能力，为5万多农户集蓄了致富水、幸福水，也成为当地农村经济发展的“和谐水”。受益区广大干部群众反映，烟水配套项目工程建设意义重大，实为小项目大规模，小水利大产业，小投资大效益。

提高了抵御自然灾害能力，确保烟株生长发育。通过烟水配套项目工程建设，把烟区建成田成方、窖成群，沟渠管网配套，集中联片的标准化烟田。春旱时，有水源保证烟苗适时移栽；烟叶旺长遇旱时，可灌溉浇水，保证烟株生长发育；遭遇伏旱时，能浇圆顶水、成熟水，既保证上部叶开片时水分供应正常，又使叶片内化学成分积累协调。

提升了耕地质量，增强了农业综合生产能力。烟叶是特殊的农作物，不能连茬种植，必须烟粮轮作。轮作期间，烟田种植其他农作物，遇旱时有水源灌溉，保障粮油生产。

改善了烟区生产生活条件，节约了资金和劳动力。如今，全市烟区的烟水配套烟田，旱能浇，涝能排，渍能除，大大提高了整体烟叶生产水平，还解决了丘陵山区20多万人和7万多头牲畜的饮水问题。烟水配套烟田以机械、管网自流灌溉，管水员电闸一推，水就流进烟田。从此，烟农结束了肩挑、背驮、牛拉水浇烟的生产历史，使烟农从繁重的体力劳动中解放出来，并降低了生产成本。

在时间和空间上，优化了水资源配置。烟水配套建设，可拦蓄天上水，去年的水留到今年用，小水积成大水用；地表水、地下水通过提灌站、电井把水引出、提出来，从管网流进烟田；根据烟叶生产需水时间供给，实现了备水抗旱，彻底改变了靠天种烟的历史。

加快了烟农增收致富的步伐。种烟是烟农家庭经济收入的主要来源。烟水配套建设，有力地解决了烟叶生产用水问题，能及时为烟株浇上“救命水”“保丰水”，减少了病虫害发生，降低了农药用量，改善了生态环境，提高了烟叶单产和内在质量。从而使烟农种烟增加了收入，有助于生活宽裕，大大提升了烟叶生产“富民富村”的产业形象，拉近了烟草企业与烟农的距离，稳定了烟农队伍。

促进了农村社会精神文明。过去，在干旱缺水季节，村与村、烟农与烟农之间，常因浇烟争水、抢水发生矛盾和纠纷，有的动武械斗。烟水配套建设，烟区各村组都选配专人统一管水，烟农浇烟用水时，只需向专管员事先预约，水就能按时流进烟田，促进了村民、干群之间的关系更加密切和谐，树立了良好的村风民风。

（本文与苏新宏合作，原载人民日报《民生周刊》2015 年第 1 期、新华网河南频道 2015 年 2 月 24 日电、人民网）